Friedrich Christian Delius
Retrato de la madre de joven

Traducción de Lidia Álvarez Grifoll

Título original: *Bildnis der Mutter als junge Frau*
Publicado originalmente en 2006 en Alemania por Rowohlt
© 2006, by Rowohlt Berlin Verlag GmbH, Berlin.

© de la traducción: Lidia Álvarez Grifoll, 2011

© Sajalín editores S.L., 2011
c/ Vilafranca, 44 - 08024 Barcelona
info@sajalineditores.com
www.sajalineditores.com

Primera edición: noviembre 2011

Diseño gráfico: Julio Casanovas Leal/Sajalín editores
© de la imagen de la cubierta: Kathrin Ziegler/The Image Bank/Getty Images

La traducción de esta obra ha recibido una ayuda del Goethe-Institut, institución financiada por el Ministerio de Asuntos Exteriores de Alemania.

Queda rigurosamente prohibida, sin la autorización escrita de los titulares del *copyright*, bajo las sanciones establecidas por las leyes, la reproducción total o parcial de esta obra por cualquier medio o procedimiento, incluidos la reprografía y el tratamiento informático.

Impresión: Imprenta Kadmos. Compañía 5, 37002 Salamanca

ISBN: 978-84-939076-9-3
Depósito legal: S. 1.463-2011

Retrato de la madre de joven

Para U. B.

Camine, joven, camine si quiere caminar, el niño contento si usted camina, había dicho el doctor Roberto en su gracioso alemán con fuerte acento italiano,

y como siempre que iba a salir de paseo o de compras por la ciudad, le bailaron en la cabeza las palabras que el médico solía pronunciar, advirtiéndola con una sonrisa afable y voz dulzona al acabar la revisión semanal,

usted, mujer guapa, mujer joven, sana, moverse es bueno, cansarse no bueno, y el oxígeno del aire romano, nada más bueno en Italia para usted y el niño, y todo sin dinero, la ciudad de Roma contenta de regalar su buen aire a usted y al niño,

curiosas palabras de ánimo y cumplidos engorrosos que la acompañaban desde mucho antes de dar el primer paso fuera, mientras se peinaba delante del pequeño espejo del cuarto de baño, se trenzaba el pelo y se lo recogía en un moño, y luego dedicaba miradas de escepticismo a su sombrero negro de ala ancha y curva, y se acariciaba con ambas manos el vientre abombado y, salvo ese vientre, no quería encontrar nada hermoso en ella, porque el comentario de *mujer guapa* la ruborizaba siempre, un comentario que no correspondía al médico, a pesar de su afabilidad y sus cuidados, sino solo a él, a su marido, cuyo regreso del frente africano esperaba semana tras semana,

y andando de puntillas sobre las baldosas de terracota, aún era la hora de la siesta, volvió a su habitación, que compartía con otra alemana, Ilse, cuyo prometido estaba internado en Australia y a la que llamaban «la chica», aunque ya casi había cumplido los treinta, y que trabajaba en la cocina y sirviendo la comida, Ilse seguía leyendo en la cama después de la siesta

mientras ella, la mujer más joven, se ponía unos zapatos negros de cordones y cogía del armario el abrigo azul marino, echaba un vistazo a la cama hecha y a la mesa recogida y se daba el visto bueno, se despedía, *¡Hasta la hora de la cena!*, cerraba la puerta, pasaba junto al cuarto de baño al ir hacia el ascensor y la escalera principal,

situada en el centro de un edificio de cinco plantas, un hospital y hogar de ancianos dirigido por hermanas protestantes de Alemania, con algunas habitaciones para huéspedes, en una de las cuales vivía ella con Ilse hasta que llegara el día del parto, y le habían prometido que luego le darían una en el cuarto piso para ella y el pequeño,

en esa casa tutelada por las diaconisas de Kaiserswerth tenía todo lo que necesitaba por muy poco dinero, un médico y obstetra, una comadrona, enfermeras, comidas regulares, una cama, una silla, una mesita, un cajón para las cartas de África, la mitad de un armario, un espejo minúsculo en el cuarto de baño que había tres puertas más allá, una oración todas las mañanas antes del desayuno, una terraza en la azotea en una ciudad en la que, a pesar de las frecuentes alarmas, no caían bombas y donde el invierno era algo secundario, generalmente soleado y cálido,

y puso la mano sobre la barandilla de la escalera, allí estaba cuidada y rodeada por diez mujeres vestidas con uniforme azul oscuro y cofias blancas con vuelo fruncido y un lazo almidonado por debajo de la barbilla, una se encargaba de la cocina, otra de la lavandería, una del cuarto de planchar, otra de los cuidados médicos, una de la administración y la más regia, la hermana Else, dirigía el hogar de las diaconisas, y todas se consagraban a los enfermos, a las madres con recién nacidos en la maternidad y a los huéspedes, allí se sentía bien atendida y solo podía estar inmensamente agradecida por ello,

agradecida sobre todo porque allí hablaban alemán y no tenía que esforzarse en hablar una lengua extranjera en el extranjero, cosa de la que no habría sido capaz, formada en puericultura y tareas del hogar, se sentía totalmente sin talento para los idiomas, nunca había aprendido siquiera tres palabras de otra lengua, pero sacaba las mejores notas en cálculo y gimnasia y, tanto en el colegio como en la Liga de Muchachas Alemanas, había volcado su curiosidad en la biología, en las plantas y animales autóctonos, pero nunca en los idiomas, ni siquiera en el alemán, y menos aún en lenguas extranjeras, y por eso se consideraba dichosa desde la mañana hasta la noche y también ahora, bajando con cuidado los escalones,

se sentía dichosa por estar en una isla alemana en medio de Roma, en una isla donde incluso los italianos hablaban alemán, a veces un alemán gracioso, como el del doctor Roberto, a veces trabucado como el de las mujeres de la cocina, pero todos parecían esforzarse porque se sentían a gusto trabajando allí, con los protestantes, o tal vez formaban parte de los protestantes italianos diseminados, los valerosos valdenses, o tal vez les gustaba el orden alemán o la vida devota ordenada,

y bajó las escaleras sujetándose a la barandilla hasta que llegó a la entrada, con tres butacas estrechas y una mesa delante del consultorio médico, y un jarrón donde siempre había flores frescas, hoy eran mimosas, tres ramitas de delicadas mimosas amarillas de enero y, después de cruzar la puerta de cristal abierta,

llegó al vestíbulo, con el banco para los que esperaban y el cuartito para la hermana de recepción, como la llamaban en el hogar, generalmente era la hermana Helga la que se ocupaba de las llaves y el teléfono, repartía el correo, señalaba el ingreso de los pacientes y llevaba el libro de asistencias, y era a ella a quien tenían que avisar los que abandonaban el edificio y se alejaban de la tutela de las diaconisas, siempre sonrientes y solícitas,

ya eran las tres, el final de la hora de la siesta, y la hermana Helga se acercaba para ocupar su puesto de centinela, sabía que la joven iría sola a la iglesia de la Via Sicilia, al concierto, y que dos hermanas la acompañarían al anochecer de vuelta por las calles inmersas en la oscuridad,

porque tal vez pasarían unos minutos de las cinco y media, cuando ya no había farolas encendidas y se bajaban las persianas para dejar a oscuras la ciudad y engañar a los bombarderos, que todavía no habían lanzado nunca una bomba sobre Roma, y costaba distinguir los agujeros y los adoquines torcidos en las aceras,

¡Hasta la hora de la cena!, dijo la hermana Helga, *¡Hasta la hora de la cena*!, dijo la joven, y cruzó el portal, se detuvo un momento en lo alto de la escalera, con el primer aliento del exterior en la tarde despejada de enero,

el doctor Roberto tenía razón con sus elogios al oxígeno de Roma, ese aire le sentaba bien, la luz del sol le sentaba bien, el sol de la tarde brillaba en el lado correcto, en su lado de la Via Alessandro Farnese, y le tocó suavemente la cara con un poco de su espléndido calor, y ella levantó la cabeza para que el sombrero no proyectara sombras sobre su piel, y caminó sonriente junto a agaves y rododendros, bajó seis peldaños y se dirigió a la izquierda,

nueve semanas antes habría sido incapaz de imaginarse doblando sola, con tanta naturalidad y casi sin miedo, hacia una calle romana en una tarde de sábado,

hacía nueve semanas que había llegado a Roma para estar por fin un tiempo con él, con Gert, por primera vez desde la boda, y cuando él le dijo un día después de su llegada que lo habían llamado de nuevo a filas, un *traslado* repentino a África, inmediato, a ella no le cupo en la cabeza,

recién llegada y enseguida sola de nuevo, en avanzado estado de gestación en el peligroso extranjero, una conmoción, con veintiún años, ella misma una criatura que no podía caminar, que no podía tenerse en pie sin ayuda, abandonada en una región totalmente extraña y a una lengua totalmente extraña,

levantó la vista hacia las hermosas formas de las ventanas arqueadas y los postigos verdes del edificio, pintado de color óxido hacía años, recorrió con la mirada las cinco plantas hasta la barandilla de la azotea, buscó la ventana de su habitación y, como si tuviera parte de mérito en ello, con un orgullo comedido por su reciente cosmopolitismo contempló las palmeras de las que tanto le gustaba hablar en sus cartas, un edificio imponente adornado con plantas por todas partes,

el hombre amado no podría haberle buscado mejor refugio, no podría haberle encontrado una isla alemana más hermosa y, mientras lo pensaba, el niño que llevaba dentro se movió, la joven se detuvo, notó las pataditas y la agitación de los bracitos, lo consideró una señal de aprobación y contestó metiendo la mano derecha por debajo del abrigo y pasándosela lentamente por encima del vestido y el vientre abombado,

y cuando las patadas y los golpes cesaron, emprendió el camino hacia la otra isla alemana, hacia la iglesia de la Via Sicilia, donde el concierto de música sacra comenzaría a las cuatro, era el trayecto familiar de isla a isla, pues el resto de Roma, la enorme Roma, continuaba pareciéndole

un mar que tenía que cruzar, cohibida por el temor a todo lo desconocido, a las encumbradas profundidades de la ciudad, a sus dobles y triples suelos y estratos, a las innumerables columnas, torres, cúpulas, fachadas, ruinas y esquinas de un parecido sorprendente, a los incontables lugares de peregrinación de la gente culta, junto a los que ella pasaba incultamente, y a los semblantes difíciles de descifrar de la gente en las calles, en los tiempos agitados de una guerra lejana que cada día se acercaba más,

pero la fe auxilia donde hay temor, se podía confiar en esa experiencia porque, frente a ese mar impenetrable, inquietante, llamado Roma, también auxiliaba la Biblia, por ejemplo, el pasaje de un salmo citado en una oración matutina, *Si tomara las alas del alba y habitara en el extremo del mar, aun allí me guiará tu mano y me asirá tu diestra,*

tan pronto como evocaba ese pasaje, se sentía reconfortada y guiada y asida, y con las palabras animosas del doctor Roberto, *camine, joven, camine,* y con la certeza de hallarse exactamente en el sitio adecuado y más seguro entre la costa africana, donde servía su marido, y la costa del Báltico, donde vivían sus padres, llegó rápidamente a la primera esquina,

cruzó la calle, se mantuvo en el lado del sol, miró las casas del vecindario, todas pintadas con los colores que ya le resultaban familiares y gratos, entre el ocre claro y los tonos rojos oscuros, desvaídos y baldeados, edificios de viviendas de tres o cuatro plantas, algunos con flechas gruesas negras indicando el refugio antiaéreo más cercano, y después de atravesar la segunda calle, flanqueada por encinas jóvenes, a pocos pasos se abría

la plaza con el nombre que nunca conseguía recordar, Cola di Rienzo, eso ponía en la placa de piedra fijada en la casa de la esquina, algún príncipe o un político, había olvidado enseguida lo que Gert le había explicado hacía más de dos meses, no conseguía retener todos esos nombres extraños en la lengua extraña, bastante difícil era ya interpretar los gestos y las miradas de los transeúntes,

y bastante difícil era pasar junto a la cola que se formaba delante de la panadería y poner la cara pertinente, eran poco más de las tres y el *panificio* abría a las tres y media y cerraba a las seis y media por la oscuridad, y como todas las mañanas o a primera hora de la tarde, ya había mujeres en la acera, las evitó y continuó caminando por la calzada,

la harina escaseaba, el pan escaseaba, costaba tres liras el kilo, a veces solo había pan de maíz, y *la primavera pasada,* había dicho Ilse, *bajaron la ración de 200 gramos a 150 gramos por persona, dos o tres rebanadas, y eso a los italianos, que están acostumbrados a comer pan recién hecho cada día,* las panaderías no podían vender pasteles ni pastas desde hacía más de un año,

de nuevo pensó en lo bien que le iba, provista de todo lo que necesitaba, sin pasar hambre ni tener que hacer cola como las amas de casa romanas o sus criadas, en la suerte que tenía, que a esa hora podía ir a la iglesia, incluso a un concierto, y solo por un pequeñísimo instante la desconcertó la pregunta,

por qué en la guerra el pan no alcanza y cada vez hay menos, si no dejan de conquistar tierras y no dejan de anunciar victorias, dónde está el pan, el trigo y el centeno siguen creciendo, desde las ventanillas de los trenes podía verse cómo florecían y maduraban los campos, dónde estaba el pan, pero eso no se preguntaba, era una prueba, era la voluntad de Dios, Él daba el pan de cada día y lo repartía, mientras aquellas mujeres estaban allí y parecían aliviadas porque ella no se sumaba a la cola, una embarazada en el octavo mes habría tenido derecho a un lugar en la cabeza de la fila y los habría alejado aún más de unos pocos gramos de pan, las miradas medio hostiles se convirtieron casi en amables cuando se dieron cuenta de que continuaba hacia la esquina de la Via Cola di Rienzo,

allí, antes de doblar a la izquierda, miró hacia la derecha, donde se alzaban la basílica de San Pedro y el Vaticano, a solo un cuarto de hora de distancia, ahora no quería dirigirse allí, no la atraía, ya había ido una vez y había visto al Papa el día de la Inmaculada Concepción, había estado con Ilse entre la muchedumbre, miles de personas, y había observado

la manera en que llevaban por la iglesia, sentado en una lujosa silla, al padre venerado como santo, y la multitud lo recibía con una ovación efusiva, como a un vencedor en una película sobre las Olimpiadas o al Führer en el noticiario, y la manera en que los cardenales iban arriba y abajo cantando y, de tanto ruido, no se oían los cánticos ni las oraciones, todo parecía tan pagano, tan ruidoso, tan superficial, más propio de un teatro que de un oficio religioso, y puesto que no entendían nada y preferían evitar las muchedumbres, más aún con el vientre abultado,

salieron a la plaza de San Pedro, donde cientos de personas seguían esperando para entrar, y entonces Ilse soltó un suspiro, *¡Suerte que nosotros tuvimos a Lutero!,* ella también había pensado algo parecido pero no se había atrevido a expresarlo, Ilse solía decir más deprisa lo que pensaba, y las dos estuvieron de acuerdo en la suerte que tenían de ser protestantes y poder renunciar a semejante parafernalia,

y cuando, desde la terraza de las diaconisas o paseando por la ciudad, la imponente cúpula de la basílica de San Pedro atraía su mirada por encima de los tejados, se compadecía de los católicos, intimidados por ese lastre de piedra, convertidos en comparsas en esa fortaleza de mármol, en hormigas, y sometidos a un Papa supuestamente infalible, cuatrocientas iglesias en Roma, decían, a cual más bella y fastuosa, pero solo una era la verdadera, la de la Via Sicilia, y hacia allí torció,

a la izquierda, en dirección al puente del Tíber, caminó sobre las letras incomprensibles SPQR y sobre las letras comprensibles GAS que se veían en las tapas de las alcantarillas y pasó junto a las flechas negras que indicaban el refugio antiaéreo más cercano y junto a los pequeños negocios, cerrados a mediodía, de un peluquero y de una pollería y junto a los periódicos murales fijados en la pared de un edificio,

pasaba por allí casi a diario y, a veces, aunque cada vez menos, cuando el tendero podía exponer productos frescos, las gallinas colgaban cabeza abajo, destripadas, desangradas y desplumadas, en la ventana, justo al lado de las noticias victoriosas sobre el papel de periódico, todavía húmedo por la cola,

por todas partes imperaba la escasez, de pan, de carne, de papel, por eso era práctico pegar los periódicos en las paredes para todo el mundo, *Notizie da Roma,* los titulares, la mayoría compuestos con las palabras *Vittoria* y *Vincere,* proclamaban en negrita alguna victoria o la orden de vencer, en todas partes donde uno tropezaba con propaganda destacaban llamativamente en negro las palabras *Vittoria* y *Vincere,*

se alegraba de no saber leer todo aquello y de no tener que leerlo, en Alemania tampoco leía el periódico, era mejor no saber demasiado, no decir demasiado, no preguntar demasiado, las malas noticias siempre llegaban pronto y las buenas noticias solo se encontraban en las cartas y, precisamente ahora que las cosas no pintaban bien en Rusia para los alemanes y los italianos,

los lemas de victoria se oían y se leían cada vez más a menudo, pero seguramente era necesario, a ella también le parecía necesario, precisamente ahora había que creer en la victoria, ella también la deseaba, rezaba por la victoria, no solo por *deber nacional,* sino también, secretamente, por el motivo prohibido y egoísta de que él volviera a casa pronto, y sano y salvo, su marido, que le había prometido que disfrutaría de los *placeres romanos,*

hacia el pequeño parque situado delante del puente, donde había unos hombres mayores sentados en los bancos, dejando que un poco de sol de enero les cayera en la cara después de comer, notó las miradas a su barriga, a la nariz y a la boca, a la figura, se sintió protegida por la barriga y el abrigo y el sombrero, y también incómoda, miradas como baquetazos, y caminó más deprisa, directa hacia el puente y los obeliscos de la Piazza del Popolo, que se veían entre las ramas delante del monte Pincio,

qué suerte que no seas rubia, pensó, porque te silbarían y te harían comentarios, tal vez te han visto extranjera, *los alemanes andan de otra manera, los alemanes tienen un porte más envarado, los italianos andan con más movimiento de caderas, aunque en realidad caminan más despacio y con indolencia, esa indolencia romana, los alemanes visten más descuidados de civil y van más correctos con sus uniformes, a los alemanes se los reconoce antes de que abran la boca,* había dicho el otro día en una excursión a Ostia Antica la señora Bruhns, que llevaba muchos años viviendo en Roma,

quizás llamas la atención de esos hombres porque te reconocen como alemana, como aria, y porque no nos quieren, no les gustan sus aliados a pesar de las conjuras de los dos líderes, eso también lo dicen todos los alemanes que hay en Roma, o te notan un poco temerosa todavía cuando te atreves a ir sola por la ciudad, sin acompañante, sin posibilidad de hablar, inmersa en el mar desconocido de una ciudad extraña y de una gente extraña, y tal vez se ríen de ti,

qué más da lo que la gente piense, tú tienes que seguir tu camino hacia el Lungotevere y tienes que cruzar el río, y saber de dónde eres, todos esos pensamientos no te atosigarían si tuvieras a tu lado a tu marido y protector, cogidos del brazo,

un vistazo a derecha e izquierda, prestando atención a los coches que, como en todas partes, también allí pasaban a una velocidad peligrosa por el cruce del Lungotevere, ya solo transitaban vehículos públicos y coches militares por las calles, y no iban a pararse por un viandante, dejó pasar a un autobús que circulaba con lentitud y a tres ciclistas que parecían competir sobre el pavimento accidentado, antes de llegar al puente que, según había dicho Gert, llevaba su nombre, Ponte Margherita, que había sido una reina, y eso no lo había olvidado, las reinas no se olvidan, sobre todo si las reinas tienen el mismo nombre y si tu marido te iguala a una reina con sus palabras de enamorado, y lo hace sobre el famoso Tíber,

el río indolente, gris verdoso, amarillento verdoso, con una hilera de barcazas y pontones para los nadadores, desiertos y cerrados en esos días invernales, los muros de contención altos y claros y el ramaje de los árboles con hojas sueltas tiznadas de marrón se reflejaban en las aguas tranquilas, casi quietas, y había gatos de color blanco sucio o con manchas grises camuflados, estirados o hechos un ovillo, sobre los bancos de piedra de la orilla,

caminó más despacio y miró río abajo por encima de la baranda de piedra del puente, ancha hasta el despilfarro y decorada con balaustres barrigudos que llegaban a la altura de la cadera, y la imagen le pareció hermosa, había cruzado alguna que otra vez el Elba, el Weser, el Spree, pero nunca había visto una corriente tan mayestática, enmarcada entre muros claros tan suntuosos, separando la ciudad y manteniendo unida la ciudad,

miró río abajo hasta el siguiente recodo y el siguiente puente, detrás del cual asomaba el puente de los ángeles, y la vista le pareció aún más hermosa porque allí, detrás de los árboles pelados a lo largo del Lungotevere, aparecía la estampa de los palacios fastuosos con torres, terrazas y balcones amplios, revocados en color rojo tierra, rojo y amarillo ocre, y sobre el Tíber la embargó de nuevo el tímido asombro de que precisamente ella pudiera vivir en esa metrópoli, *en la ciudad de las ciudades,* como decía la señora Bruhns, precisamente ella, que nunca había estudiado latín y acababa de conocer los nombres de Rómulo y Remo, César y Augusto, y que no entendía nada de arte ni tampoco de papas, precisamente ella,

la chica de pueblo de Meclemburgo, que no tenía estudios como su hermana mayor, la niña de la costa del Báltico, que conocía bien Rostock y Doberan y Eisenach, pero se sentía totalmente desbordada y fuera de lugar en Berlín, precisamente ella, que acababa de cumplir veintiún años, precisamente ella a orillas del Mediterráneo y en la ciudad más importante y espléndida de Europa, *en el ombligo del mundo,* como decía Gert, que le había enseñado el ombligo del mundo en el Foro Romano,

precisamente ella cruzaba desde hacía dos meses el puente de Margherita casi a diario, como si fuera lo más natural, pero no era lo más natural, y mucho menos en esos tiempos, cada día un regalo, cada carta un regalo, cada movimiento del niño en el vientre un regalo, cada frase bíblica y cada mirada al Tíber, y por eso se lo repitió,

qué suerte tenía comparada con otros, comparada con él, el hombre amado, al que necesitaban en el norte de África, en Túnez, en el desierto, cerca del enemigo, en vez de en Roma, donde también lo necesitaban y lo esperaban urgentemente, y no solo ella, y qué suerte tenía comparada con sus dos hermanos pequeños, que ahora también llevaban uniforme, o con el padre, en la Marina en Kiel, o comparada con su madre y sus tres hermanas en las noches cada vez peores y más frecuentes de sirenas, con heridos, muertos, escombros, incendios,

en Roma no caerán bombas, eso se daba por seguro, por obvio, los ingleses no reducirían a cenizas la Ciudad Eterna, el centro del cristianismo, ni tampoco los americanos, y los magníficos palacios de color rojizo, erigidos a finales de siglo, ante los que pasaba al cruzar la Piazza del Popolo, con sus ventanas decoradas con arcos, balcones señoriales y elegantes ornamentos de piedra, no se desmoronarán tan deprisa si tienen razón los que están al tanto de la guerra y seguros de sus opiniones,

ella no podía opinar, no quería opinar, se aferraba a la fe de estar en las manos indulgentes de Dios y de saber a sus seres amados y próximos también en sus manos, eso era lo único que seguía siendo seguro y obvio,

con la mirada posada en el muro de ladrillo que se alzaba delante de la Piazza y en la parte posterior del monumento que se elevaba por encima del muro, erigido en honor de algún dios del mar, una imponente figura masculina flanqueada por dos figuras mitad hombre, mitad pez, los hombres casi desnudos también ofrecían una extraña estampa por detrás, y el del medio sostenía una especie de tenedor gigantesco, y al pasear por allí con Gert, le había preguntado por qué tenía un tenedor en la mano y él había contestado sonriendo,

es un tridente, ese es Neptuno, el dios del mar, y lo representan con un tridente, pero tienes razón, llamémoslo tenedor, con él pincha los peces para el desayuno y se los lleva a la boca, pero a lo mejor el dios del mar no come peces, eso sería como vivir en el país de

Jauja, a lo mejor no le está permitido comérselos, no presté atención en el colegio, solo recuerdo que los dioses se alimentaban de néctar y ambrosía y bebían vino, tendré que consultar si Neptuno también comía peces,

también eso la asombraba de él, cuando no sabía algo, enseguida se le ocurría dónde podía consultarlo,

a unos metros de distancia, a ambos lados del grupo escultórico, se veían peces cabeza abajo, una pareja a la derecha y una pareja a la izquierda, unas cabezas grandes descansando sobre los pedestales, sonriendo satisfechas y ornadas con aletas, los cuerpos y las colas estirados hacia arriba, enlazados y entrelazados, los cuerpos todavía tocándose, las puntas de las colas jugando en lo alto sin tocarse y saludando por encima de los cuerpos y de las cabezas con una agilidad acrobática, y todo esculpido con delicadeza en piedra, *peces enamorados,* había dicho Gert, *así son los peces cuando están enamorados,*

y ahí, a espaldas de esas figuras y de esos peces, la Via Fernandino di Savoia se dividía, los transeúntes tenían que decidir si seguían a la izquierda o a la derecha a lo largo del muro de mediana altura, si querían ir a la Piazza del Popolo pasando junto a la pareja de peces enamorados de la izquierda o de la derecha, por el lado de la puerta o por el lado en que la espléndida y espaciosa plaza se abría a la ciudad, los coches y las bicicletas tenían que desviarse hacia la derecha por la angosta calle de sentido único, ligeramente empinada,

por donde la joven también solía pasar cuando iba a preguntar si tenía correo de su marido y a entregar sus cartas a la oficina del servicio postal militar del Ejército alemán, en la Via Quattro Fontane, a la que se llegaba mejor por la Via del Babuino,

pero eligió el lado izquierdo, como siempre que iba camino del Pincio y de la iglesia, calle abajo por el pavimento negruzco y mugriento hacia la puerta de la plaza,

y llegara desde donde llegara, todas sus miradas, todos sus pasos se sentían atraídos por el enorme obelisco del centro, un imán engastado entre cuatro fuentes, junto al que de vez en cuando pasaba un coche a una distancia respetuosa,

costaba resistirse a ese imán y no acercarse a las fuentes escalonadas de las esquinas, sobre las que unas leonas de piedra escupían agua por la boca desde hacía siglos, probablemente con el mismo chorro enérgico en tiempos de paz y en tiempos de guerra,

se detuvo, no quería acercarse más ni dar un rodeo, pasaba casi a diario por allí y, aun así, siempre se paraba para dirigir la vista a lo alto del mirador del Pincio, sostenido por columnas, y a las palmeras y los pinos, y luego descendía lentamente la mirada hacia la luminosa plaza ovalada y la dejaba vagar en círculo y

la dirigía a las sombras de las tres calles grandes que conducían a la espesura densa y sombría del centro, y seguía hacia el café de la esquina y hasta el grupo de divinidades marinas que posaban sobre una pila semicircular, con el tenedor y los peces enamorados, debajo había tres coches aparcados, y luego los ojos paseaban siempre hacia la punta del obelisco, hasta la cruz en lo alto, le gustaba y la tranquilizaba que el símbolo cristiano triunfara sobre el pagano, la piedra egipcia tenía tres mil años, eso ponía en la guía Baedeker,

costaba imaginarlo, más antiguo que Jesucristo, quizás incluso más antiguo que Moisés, ahora rodeado por coches diminutos que circulaban por la rotonda y ciclistas con camisas negras, se mareaba ante semejante infinidad inconcebible, se mareaba solo con pensar en todo lo que nunca aprendería ni entendería,

sin ir más lejos, el italiano que se hablaba a su alrededor le resultaba tan extraño como los jeroglíficos del obelisco, y la inscripción en latín del pedestal, que Gert le había traducido, le resultaba tan incomprensible, salvo la palabra CAESAR, como los caracteres egipcios, Roma estaba repleta de jeroglíficos y enigmas que la desconcertaban,

como lo de trillar el grano debajo del obelisco, en medio de la plaza, Ilse le había contado que, en verano, Mussolini mandaba camiones cargados de mies a la Piazza del Popolo y la descargaban en una trilladora, las pacas de paja y los sacos de grano tenían que demostrar y reforzar la unión del campo y la ciudad, menudo despilfarro, y por eso la aliviaba entender en esa plaza al menos la cruz y poder aferrarse a la cruz y a las iglesias, aunque fueran católicas,

y de nuevo, antes de proseguir su camino miró desde la izquierda de las dos iglesias gemelas a la Via del Babuino, por la que esa semana ya había pasado cuatro veces, el lunes y el martes, el jueves y el viernes, la calle hacia las cartas y los paquetes, la calle de las ansiadas señales de vida,

la calle de la dicha, por la que el día anterior había regresado desde la oficina del servicio postal militar con dos cartas de Gert, llena de gratitud después de echar una primera ojeada a sus rayas y de la silenciosa jaculatoria: *¡Está vivo! ¡Gracias, Dios mío!*, y por eso, de las tres calles que desembocaban en el obelisco formando un haz entre las iglesias con cúpula, la que mejor conocía era la de Babuino, su calle de la dicha y la gratitud,

durante las primeras semanas, recorrió a menudo una parte del trayecto hacia la Via Quattro Fontane en autobús, hasta que un día un hombre, un perfecto desconocido de unos cincuenta años y bien vestido, le había tocado el trasero, a ella, una mujer joven y visiblemente embarazada, metiéndole mano con una desvergüenza jamás vista, tan inconcebible

que tardó demasiado en reaccionar y gritar, cosa que no ocurrió porque antes de proferir el grito comenzó a avergonzarse de la afrenta a su cuerpo y enseguida intuyó que, siendo extranjera, una alemana desconfiada sin posibilidad de hablar, no podría explicar a la gente el porqué de su grito ni el acto de aquel grosero y, en vez de gritar, se apartó y se abrió paso hasta la puerta para apearse en la siguiente parada,

unos momentos desagradables, y eso en la Via del Corso, que evitaba desde entonces, la calle principal, con las tiendas de lujo casi vacías a causa de la guerra y una placa conmemorativa a Goethe, al que allí llamaban Volfango, los momentos más desagradables de sus nueve semanas en Roma, que no había confesado a las diaconisas ni tampoco a Ilse,

solo a Gert, que intentó tranquilizarla desde África, *qué atrevimiento,* le había escrito, *y en tu estado,* por desgracia, existían hombres enfermos de esa calaña y, por desgracia, en los países católicos abundaban más, le había escrito, pero había hecho bien apeándose enseguida,

desde entonces, también por consideración al niño, se mantenía tan alejada como podía de las muchedumbres y, en el peligroso mar de la ciudad hospitalaria y abrupta, hermosa e inquietante, buscaba sus pequeñas islas de seguridad, como las cruces sobre los obeliscos o la iglesia de Santa Maria del Popolo, junto a cuyas fachadas laterales pasó al dirigirse a las escaleras del Pincio, la única iglesia sobrecargada, ostentosa y orgullosa en la que no se sentía extraña

porque Martín Lutero había vivido allí, en el convento, y había predicado y oficiado misa desde el altar cuando, siendo un joven monje, lo sabía por Gert, había estado en Roma, horrorizado y disgustado por el derroche de pompa, la falta de fe y el libertinaje de los dignatarios eclesiásticos, tanto los máximos como los más inferiores, *podría decirse que aquí,* según Gert, *en este rincón de Roma, germinó la Reforma,*

y luego le había enseñado una pintura, la *Conversión de san Pablo,* con Pablo arrojado al suelo por la fuerza de la conversión, cegado y yaciendo debajo de su caballo, y le había dicho que esa pintura, concebida desde la fe de un modo tan radical, casi era protestante, la joven había olvidado el nombre del pintor,

siempre la confortaba pasar por delante de esa iglesia en las caminatas hacia su iglesia y notar la calidez que le llegaba al sentir la cercanía de Lutero y de san Pablo convertido y del sol suave del mediodía, y caminó junto a las esfinges que reposaban en los muros de la plaza mientras se dirigía a las escaleras del Pincio, tuvo que sortear a una ciclista con falda azul y, curiosamente, cara de despreocupación, sí, de felicidad, que bajaba disparada por la calle de adoquines, y se preparó para el esfuerzo de la ascensión, setenta u ochenta peldaños planos trazando una ligera curva a la izquierda hasta media colina,

con las frases graciosas del doctor Roberto en la cabeza, *sí, las escaleras también son buenas, camine si tiene gusto de caminar, camine tanto como quiera hasta el nacimiento, usted, mujer joven, sana, ningún problema, solo no fatigarse, caminar es mejor que saltar con el autobús en agujeros de la calle,* y mejor que ir en bicicleta, también le hacía ilusión volver a subirse a una bicicleta después del embarazo y bajar zumbando con ganas, feliz como aquella chica,

y cogió aire antes de empezar a subir paso a paso el pesado cuerpo por la derecha de las escaleras, donde los peldaños de piedra clara estaban gastados, algo que ella solo había visto en escaleras viejas de madera, y al llegar a la mitad del recorrido se dio la vuelta, descansó un momento y le susurró

a su hijo, al que parecía gustarle que lo llevaran arriba y lo mecieran: tú también verás pronto el precioso óvalo de esta plaza luminosa y grande, y al dios del mar con su tenedor y todo lo que hay aquí, y siguió subiendo con cuidado, porque la piedra estaba pringosa y resbalaba, no solo había que ir despacio y con cuidado cuando estaba mojado, y también ahora tocaba ser prudente y dar cada paso con cautela,

dos soldados alemanes uniformados venían de frente, uno de ellos resbaló con las suelas lisas de sus botas, estuvo a punto de caerse por las escaleras, se agarró y gritó: *¡Mierda!,* y ella se horrorizó porque eso no se decía, no siendo un soldado y un ejemplo a seguir y menos aún en público y justo al lado de la iglesia de Lutero, un alemán en el país de los aliados tenía que comportarse, y se esforzó para que ni ellos ni otros transeúntes la reconocieran como alemana, no quería tener nada que ver con hombres que decían *mierda,*

y subió los últimos escalones, resopló ligeramente, aliviada por haber dejado atrás la parte más fatigosa del trayecto de ese día, pensó un momento en si elegía la callejuela del Pincio o la tortuosa vereda que ascendía más empinada y donde un gato negro corría por la maleza, perseguido por un gato de color pardo más grande y sarnoso, y decidió ir hacia la derecha, pasar junto a la puerta, cerrada y que parecía no usarse, del convento donde Lutero se había alojado, hacia la pila de piedra colocada sobre un pedestal,

Gert y ella la habían llamado al unísono bañera en su primer y único paseo juntos por Roma de hacía nueve semanas, cabía achacar a los romanos, con sus costumbres relajadas, que en algún momento de esos dos mil quinientos años hubiera sido normal bañarse al aire libre, después de todo, aún había más, por ejemplo, las dos grandes fuentes-bañera de la plaza que se abría delante del Palazzo Farnese, que le gustaba especialmente porque, cosa rara, era capaz de recordar el nombre, que también era el nombre de su calle,

y se detuvo detrás de la pila de piedra, sobre una plataforma desde donde se veía la antigua muralla de la Roma clásica, y dirigió la mirada a las entradas cubiertas de la Villa Borghese y a las águilas y grifos de piedra que vigilaban desde los caballetes de los tejados, por todo el parque podían avistarse águilas y grifos representados, animales heráldicos, evidentemente,

al fijarse en ello había descubierto un águila tras otra en Roma, en fachadas, monumentos, pedestales, fuentes, puentes, y se había extrañado, porque siempre había creído que el águila era un animal heráldico alemán, una singularidad alemana, y al principio no le había parecido bien que abundara tanto entre los italianos,

siempre, desde el principio, algo la había fascinado en esas águilas, le parecían familiares y, sin embargo, distintas, tardó un tiempo en solucionar el enigma y ponerle nombre a la diferencia, las águilas alemanas mostraban más severidad, en pose de firmes hasta la última pluma, extendían las alas con aire militar o se agarraban con fuerza a la cruz gamada,

en tanto que las italianas estaban representadas más bien como águilas reales, casi como animales domésticos, con un plumaje más suave, de formas más naturales, también severas, pero más bien oteando expectantes, severas y protectoras, más con paternalismo que con corrección militar, y tuvo que reconocer que le gustaban más las águilas italianas, precisamente esas cuatro, flanqueadas por grifos que sonreían y reían sarcásticamente y que, a la misma altura de sus ojos, miraban hacia todos los puntos cardinales desde los caballetes de la entrada a la Villa Borghese,

siempre había querido preguntarle a Gert por qué en Roma se veían tantas águilas, seguro que tenía que ver también con los antiguos romanos, con César, Augusto, Rómulo, todo tenía algo que ver con los antiguos romanos, él se lo habría explicado de corrido, sabía contestar, a ella se lo parecía, a cualquier pregunta,

pero había tantas cosas que escribir cada día, tantas cosas que tenía que comunicarle o de las que despreocuparlo, tenía que ofrecerle consuelo en líneas de trazo optimista, esperanza y confianza en Dios con buena caligrafía escolar, y depositar su amor en cada frase porque cada carta podía ser la última, y por eso le habría parecido ridículo, incluso inoportuno, embutir en el texto de la carta a África la pregunta sobre el origen de las águilas

y, pensando en la carta que le escribiría esa misma noche, pasó junto a un león de tamaño natural, sonriente y de la misma piedra blanca marmórea que se veía por todas partes y cuyo nombre había olvidado, subió con pasos lentos el camino por encima del recodo, marcado por escalones planos y orlado por adelfas y árboles de tronco nudoso, y como siempre

que se ponía melancólica al pensar en su amor, trasladado al frente, se consoló con una frase que también era de él, *mejor que en Rusia con la infantería,* y vio los últimos escalones delante, que subían en línea recta pegados a un muro, los escalones planos de un paso de anchura, África es mejor que Rusia, mejor desierto que nieve, un paso, un escalón, mejor oficina que infantería, otro paso, otro escalón, mejor cabo que suboficial, otro paso, otro escalón, estaba vivo, cuántos habían muerto o se los daba por desaparecidos, y otro paso, y él tenía con ella la ilusión por el hijo, y otro, y estaba cerca, justo detrás del mar, lejos y cerca a la vez, muy cerca,

si pensaba en el prometido de Ilse, que estaba en Australia, internado por los ingleses, qué suerte tenía comparada con Ilse, que se había visto sorprendida por el estallido de la guerra yendo de camino hacia su prometido, mientras esperaba en Roma los últimos papeles para el viaje en barco a Australia y, desde entonces, hacía más de tres años, trabajaba sin quejarse de sirvienta con las diaconisas y suspiraba por el final de la guerra,

así, agradecida por su suerte inmerecida y resoplando ligeramente, alcanzó la espléndida cima del Pincio, el lugar de su dolor más profundo, allí arriba, el día después de su llegada, autorizada por fin por las autoridades, el 11 de noviembre, después de un largo paseo que duró todo el día, el primero y el único paseo juntos por la ciudad de los prodigios, Gert le había dicho,

entrecortadamente y luchando contra las lágrimas y entre muchas promesas de amor, lo que el día antes, el día en que ella había llegado desde Alemania, le habían ordenado en un escrito del Ejército:

¡Orden de movilización! ¡África! ¡Pasado mañana por la tarde!

allí arriba, en el extenso mirador, en la plaza con el nombre del terrible guerrero Napoleón, con las vistas, más hermosas del mundo a los tejados, las colinas y el cielo, según se afirmaba en la guía Baedeker, la orden la alcanzó como un rayo,

una conmoción, paralizándole el cuerpo, desvaneciendo la alegría prometida, había sollozado en brazos de su marido, ayer juntos, mañana separados, tres días, no le cabía en la cabeza, a pesar de sus besos, no había podido dejar de llorar, los preciosos planes destrozados de golpe y porrazo, una desilusión enorme, abrumadora,

mientras, al fondo, en el tiovivo tocaban la bocina y las campanas, y la voz del titiritero del guiñol, que graznaba, increpaba y se carcajeaba, soltaba un comentario incomprensible que sonó a burla, igual que ahora, al recordar esas horas terribles, el tiovivo se oía de nuevo y el titiritero berreaba,

porque se había marchado de Meclemburgo con la oposición de sus padres, con un visado ganado a pulso hacia la inimaginable lejanía de Italia, al país amigo y extraño, a la peligrosa, insegura y católica Roma, a reunirse con el padre de su hijo después de que lo hubieran herido y lo hubieran pasado a la reserva a causa de una inflamación de tejidos en la pierna que no quería curarse, y le permitieran realizar solo algunos servicios livianos en Roma y ejercer su verdadero trabajo, reforzar a la gente en la confianza en Dios,

y los dos se habían figurado que por fin estarían juntos, por primera vez juntos desde la boda, no en una misma casa aún, pero con un cuartito para ella en el ático de la Via Alessandro

Farnese, con la maternidad tres pisos más abajo, y una habitación para él en la Via Toscana, cerca de la iglesia, por fin juntos y tan solo separados por media hora larga de paseo, los tres últimos meses de embarazo, y luego seguirían juntos en la ciudad a salvo de las bombas, listos para los *placeres romanos,* como le gustaba decir a Gert,

todo ideado en vano, se había opuesto a los padres en vano, había cumplimentado y sellado los papeles para el visado y las solicitudes para las divisas en vano, lo había planeado durante meses y había viajado durante veinticuatro horas en vano, había pensado al principio,

pero tuvo que aprender de nuevo que ningún sufrimiento es en vano, y había usado bien esa frase como consuelo en las últimas semanas, no había regresado al Reich a pesar de los ruegos insistentes de su madre porque en Roma estaba más cerca de él, allí sería más probable un reencuentro que en Alemania, que en la pequeña ciudad de Doberan en Meclemburgo, en Roma se soportaría mejor la prueba que ambos tenían que superar, pensó de nuevo

cuando, estando junto al pretil del mirador, al lado de un grupo de niños italianos rapados y vestidos de uniforme, chavales de siete o tal vez ocho años con pantalones cortos, miró abajo, a la Piazza del Popolo y al dios del mar, ahora minúsculo con su tenedor, a la sombra alargada del obelisco y al paisaje infinito de tejados y cúpulas para los que no tenía nombre, excepto para la cúpula de San Pedro, que lo dominaba todo,

seguro que habría recordado mejor todas esas iglesias y palacios con nombres poco familiares si el Ejército hubiera mantenido su promesa y hubieran sido indulgentes y no hubieran ordenado el *traslado* y él se habría quedado a su lado, el hombre que, desde la primera conmoción en el Pincio, bajo un sol crepuscular, no dejó de consolarla afirmando que allí no reinaba un azar terrible y ciego, y se afianzó en la creencia de que *Dios, que es amor, nos envía todo esto por nuestro bien,*

porque llorar por la propia desdicha y olvidar la desdicha mayor de los demás no era cristiano, las alegrías de la vida eran infinitas, cada día tenía la oportunidad de ilusionarse con su hijo y hoy tenía la oportunidad de ilusionarse con el concierto de música sacra y las cantatas, y oyó decir a Gert,

la vida es como una cantata de Bach, primero oímos que podemos recibir ayuda, luego se nos permite lamentarnos, luego escuchamos la respuesta de la Biblia, luego podemos dudar, recogernos y orar, luego oímos hablar a Jesús y, al final, nos encontramos en un coro redentor con trompetas triunfales,

y, en la guerra, la vida era una prueba muy especial, la prueba más difícil de Dios, a pesar de todas las lágrimas, los propios planes no contaban, ni la vanidosa esperanza puesta en los *placeres romanos,* ni las obras del hombre, *porque no son mis pensamientos vuestros pensamientos, dice el Señor,*

se lo dijo a sí misma en silencio, mirando hacia la cruz situada en la punta del obelisco, las figuras de las esfinges sobre los muros que rodeaban la plaza, detrás, calles comerciales, el puente con el nombre de Margherita, casi veía todo el camino que había recorrido, y entonces oyó a la maestra que enseñaba la ciudad a unos niños no muy disciplinados a pesar del uniforme, de los que primero uno, un mocoso con sabañones en las piernas, y luego tres de sus compañeros empezaron a imitar al Duce y a saludar desde el balcón del Pincio con el saludo de Hitler, el saludo romano, a la gente que imaginaban abajo, en la plaza,

y la maestra se apresuró en prohibírselo antes de proseguir la lección, y la joven no entendió una palabra, salvo *via, piazza, obelisco*, y no supo descubrir los nombres de calles y cimas entre los sonidos de la melodía presurosa de esa lengua,

sin embargo, no se sentía extraña, no allí, en el Pincio, donde el cielo estaba cerca, no se podía llegar más cerca del cielo, ni siquiera en la basílica de San Pedro o en el Panteón, y con las vistas ya familiares de la ciudad iluminada por el sol suave de enero, y hacia el sur, hacia el palacio del rey y la enorme tarta de mármol, blanca y reluciente, del llamado Altar de la Patria,

solo importunada por las miradas de reojo, vergonzosas o descaradas, de los niños a su barriga abombada, a algunos se les escapaba la risita como si nunca hubieran visto embarazadas a sus madres, tías, vecinas, pero tal vez lo escandaloso, lo chocante, era también que, una vez más, la habían reconocido como extranjera, una extranjera embarazada, eso ni siquiera encajaba en la cabeza de los adultos,

evitó las miradas engorrosas de los niños y las risitas, y caminó sobre la grava en dirección al chiringuito y al guiñol, y oyó más fuertes las voces cambiantes del titiritero, vio desde lejos que los personajes se pegaban, caían, se levantaban, y puso rumbo hacia su destino con decisión, giró por el camino que transcurría por debajo de los árboles y pensó en su marido y en por qué le había hablado de la terrible orden precisamente allí, en el Pincio, al atardecer, y le estaba agradecida por su sabiduría

al no haberle revelado la orden, contra la que no podía hacer nada, por la noche en la estación o a la mañana siguiente de su llegada, y por la sabiduría de haber empezado por enseñarle las columnas, fachadas, calles, ruinas, vistas de la ciudad, de haber anclado en ella todo lo hermoso y nuevo que se podía abarcar en un día, de haber plantado las imágenes en su memoria sin que las turbaran las sombras de una decepción atroz y de haberla llevado al Pincio al caer la soleada tarde y de haberle mostrado esas vistas, las más hermosas de todas,

antes de pronunciar la terrible verdad del *traslado repentino* entre besos de consuelo, como una confesión, y luego había señalado el palacio del rey y el pedazo de mármol resplandeciente del Altar de la Patria, y había dicho,

ahí está el sur, allí el suroeste, y desde aquí arriba tienes la mejor vista hacia África, detrás de las colinas que ves desde aquí, detrás del valle del Tíber, que queda a la izquierda, está la costa, más allá está el mar, y al otro lado del mar, en el sur, en ese lado estaré yo y te veré aquí, en el Pincio, y tú me verás allá abajo, en África, y nos saludaremos cada atardecer y nos enviaremos besos cueste lo que cueste de costa a costa,

repitió el juego de palabras con cuesta y costa hasta que los dos se echaron a reír, una risa breve en medio de los sollozos, y entonces contó que en Italia estaba mal visto besarse en público, los enamorados y los prometidos casi incurrían en delito si se besaban o se abrazaban en el parque, y los matrimonios no lo hacían, los fascistas querían ser gente muy decente y no toleraban algo tan indecente como los besos y las risas,

la joven añoraba aquellos besos y momentos de risa, y habría aceptado por ellos incluso las lágrimas y el dolor de aquel atardecer de noviembre, y estaba segura de que no había vuelto a reír desde entonces,

se volvió una vez más hacia el lugar donde había ocurrido todo aquello, otras parejas miraban ahora hacia la plaza de abajo, manteniendo la distancia entre ellos no sin titubeos, los colegiales se empujaban delante del guiñol y seguramente ya se habían olvidado de la extranjera embarazada,

mientras ella se preguntaba si su hijo, en caso de ser varón, también se reiría al cabo de unos años con tanto descaro de una embarazada como aquellos colegiales, el niño no se movió, no respondió con los brazos o las piernas, solo la absoluta confianza de que todo iría bien con una educación correcta, *las cosas poco serias también son importantes en eso,* había escrito Gert, y mientras la joven se proponía hacer todo lo posible por ser tan buena madre como su madre

prosiguió su camino bajo unos árboles que le eran desconocidos, cosa que siempre la molestaba porque en Alemania sabía clasificar todos los árboles, a menudo ya desde lejos, incluso un tejo y un fresno y un pino azul, también había sido la mejor de su grupo de la Liga de Muchachas Alemanas distinguiendo plantas, pero allí, en Italia, no pasaba de palmeras, cipreses, encinas y pinos,

el camino entre los bustos de piedra, colocados sobre pedestales altos, de italianos célebres, en esa zona, también en los caminos adyacentes y en las veredas y alrededor del pequeño obelisco, el parque estaba poblado de esas cabezas de piedra clara, todos hombres cuyos nombres no le decían nada, Ratazzi o Rossi o Secchi, algunos rostros desgastados por las inclemencias del tiempo, otros todavía con perfiles nítidos, ochenta o más de cien cabezas, y no pudo resistirse a pensarlo,

tantos mueren cada día en el frente, cada cabeza una vida, cada vida un regalo, cada vida el centro de otra vida, aunque sabía que cada día eran miles más que esos hombres de ahí, pero con esas cabezas tan distintas era más fácil imaginar lo que significaba cada vida, cuántas esperanzas, fatigas, alegrías y penas, y aun así sentía que su imaginación era escasa, porque en el fondo solo pensaba en una vida, que era la que más la movía y determinaba,

al pasar observó a una mujer mayor que estaba sentada en un banco entre las numerosas cabezas de piedra y canturreaba, a veces en voz alta, a veces en voz baja, y parecía perturbada o solo tristísima, con voz desgarrada, una advertencia, había que andarse con cuidado, no había que enloquecer entre todas aquellas cabezas de piedra, entre tantos muertos,

y trató de distraerse desviando la mirada a la izquierda, donde dos oficiales alemanes bajaban de un coche negro delante de una mansión lujosa y subían por la escalinata de la entrada, ya había visto entrar muchas veces allí a militares o, en los días soleados de aquellas semanas de invierno, sentados en las terrazas con sus abrigos largos, oficiales alemanes y oficiales italianos que decidían sobre el curso de la guerra y, en el lujo de sus cargos de responsabilidad, podían tomar café allí,

probablemente café de verdad, del bueno, como el que de tanto en tanto le mandaba Gert desde Túnez y que las amas de casa romanas hacía mucho que no podían comprar o solo conseguían en el mercado negro a precios increíbles,

le parecía muy bien que su marido no fuera oficial, incluso estaba orgullosa de que solo fuera cabo, sanitario, chófer, escribiente y telefonista, y de que, en vez de planear las grandes batallas, de decidir sobre la vida y la muerte de miles de personas y de sorber café en un ambiente de lujo, prefiriera aconsejarle a ella que se acercara al arte y se adentrara en el parque, hacia la izquierda, hasta el otro extremo, y paseara por la galería Borghese, *entra, mira, disfruta de las cosas hermosas,*

pero ella no se atrevía a acercarse sola al arte y también le daba reparo la desnudez expuesta y pintada de la que Ilse le había hablado, y no sabía distinguir a Rafael de Miguel Ángel, aunque había visto con Gert en Berlín la película sobre Miguel Ángel, la capilla Sixtina, Moisés, cierto, pero qué ocurría con los cuadros,

en todas las visitas a un museo, recientemente al Capitolio con la culta señora Bruhns, notaba lo mucho que dependía de su marido, ella sola no sabía entusiasmarse, solo a través de su mirada y sus explicaciones habría podido sentir la dicha de comprender mejor lo visto, solo estando juntos se ve correctamente, solo estando juntos se revela el significado,

y desde la calle del Belvedere, que, estando en la cima de la colina, conducía a la iglesia Trinità dei Monti en dirección a la escalinata de la plaza de España, miró hacia el sur en dirección a África y, entre el palacio real y el Altar de la Patria, escudriñó en la lejanía hasta Túnez,

donde, desde las seis o las siete de la mañana hasta medianoche, él se sentaba en la oficina de un capitán en las afueras de la ciudad, no le estaba permitido escribir nada más preciso sobre su trabajo como soldado ni sobre el lugar de destino, la mención de lugares solía evitarse al máximo en sus cartas, *África, 7 de enero,* y solo una vez, tal vez por descuido o para darle una pista, había escrito Túnez en vez de África,

entretanto había comprendido que la batalla perdida en el desierto de El Alamein a finales de octubre había sido el motivo de la inesperada orden de movilización en noviembre, del trastorno de la separación, habían caído decenas de miles de soldados, alemanes e italianos, por eso habían llamado urgentemente a filas a los reservistas, incluso a los exentos por ser indispensables en sus trabajos, y también habían devuelto a su marido al frente y lo habían mandado a África, no tenía que haber más desgracias, más derrotas,

¡Venceremos! se había convertido en una orden para los alemanes y también para los italianos, a quienes en las plazas más grandes, en los cruces de calles más anchos y en los titulares de los periódicos murales, los asaltaban con la palabra *Vinceremo!*

o *Vincere!* impresa en negrita, siempre con un signo de exclamación, a veces con tres signos de exclamación,

no obstante, había demasiadas derrotas, la situación en Rusia no prometía grandes victorias, apenas se hablaba ya de victorias, solo se hablaba de la duración de la guerra, y de qué servía la cruenta guerra si no iban a vencerla, la joven no podía imaginar una guerra sin victoria,

desde que ella tenía doce años, el Führer había llevado a los alemanes de victoria en victoria, hasta donde le alcanzaba la memoria solo habían ganado, conquistado, celebrado, aclamado, también en los servicios religiosos daban las gracias con oraciones por los éxitos políticos y militares, y su marido solo podría regresar enseguida si vencían, pero si en casi todos los frentes los amenazaba la derrota, él seguiría ausente, el peligro de muerte sería cada vez mayor y ella tendría que esperar más y más tiempo,

qué sería de la hermosa Alemania sin victoria, eso era impensable, estaba prohibido pensarlo, se lo prohibió y, mientras su nostalgia volaba hacia el sur, hacia África,

el castillo de Wartburg apareció ante sus ojos, como si las colinas y los valles de Roma se asemejaran a las colinas y los valles del bosque de Turingia que rodeaba el castillo de Wartburg, y los tejados de Roma a las copas de los árboles de Turingia, y las mansiones del Gianicolo a las mansiones de Eisenach, nada era comparable y, sin embargo, el castillo alemán de Wartburg estaba de repente cerca, orgulloso y hermoso, con sus torres y puertas, almenas, muros y las hileras de ventanas del extenso edificio, el destino de su primer paseo juntos, cuando el amor comenzó a germinar hacía dos años y tres meses,

en vez de sentarse en el Café Tigges, el joven, al que había hecho esperar dos años para una cita, propuso dar un paseo hasta el castillo de Wartburg, la primera hora de conocerse, montaña arriba entre alerces, robles y hayas, caminando juntos con pasos tímidos y ceremoniosos por el suelo del castillo, santificado por Lutero, y la visión de la torre sur a lo lejos, conversaciones formales sobre la formación de la joven y la época de soldado del joven, sobre la familia de ella y la familia de él camino a la fonda de Sängerwiese y tomando café al aire libre

con un maravilloso clima otoñal, era la primera vez que se atrevía a salir a pasear sola con un chico, bajaron desde el castillo de Wartburg por Mariental y, al final de la larga tarde, la pregunta decisiva de si le permitiría volver, de Kassel a Eisenach, y si podría volver a verla antes de partir a Roma,

sí, dijo la joven, pero en voz tan baja que él tuvo que repetir la pregunta, *sí,* repitió ella un poco más alto, y se sonrojó, se puso más colorada que nunca, y unos días después

él volvió con bombones que había comprado en Francia, donde había servido de soldado, no los había tomado como botín, remarcó, pasearon por los bosques situados debajo del castillo de Wartburg y se comieron los bombones, y al anochecer la sorprendió con la cautelosa pregunta de si podían tutearse, porque tratarse de usted era horrible, y después del primer tú todo fue muy deprisa hasta que se prometieron, por eso no le extrañó ver en el horizonte de Roma, como un espejismo, el castillo de Wartburg, la fortaleza inexpugnable que dominaba los bosques era una imagen que remarcaba la fe en que Él, el Dios escrito con mayúscula, el que *me guía por las rectas sendas*, la ayudaría y la había ayudado a reaccionar correctamente a la carta del admirador,

y al mismo tiempo la fe en su amor, que había despertado con el sol de octubre debajo de ese castillo y había crecido hasta convertirse en el regalo de una felicidad inconmensurable, marcadas a fuego en la memoria las primeras frases de amor, *creo que eres demasiado buena para mí y me da miedo no tener suficiente que darte,*

cada una de esas sílabas, contra las que al principio se había defendido en vano, *me consideras demasiado buena,* y todas las declaraciones de amor siguientes, las había anotado antes de la boda y las llevaba en su corazón, le daban fuerza en los momentos de temor y la ayudaban en la soledad de Roma y también allí, en el camino del Pincio,

por el que pasó junto a los muros altos de la Villa Medici y levantó la vista hacia la cúpula de San Pedro, la fe y el amor se pertenecían y eran inseparables, sin la fe en la providencia divina no habría podido aceptar ese amor ni

a un hombre que solo la había visto una vez, cuando ella aún no había cumplido los diecisiete, en una *velada cultural* con cánticos, juegos y baile de un grupo de gente joven y, aunque él no era su acompañante de mesa, había bailado con ella y poco después le había pedido una cita por carta, en tanto que ella, que no recordaba siquiera su nombre, no supo cuál de aquellos muchachos le había escrito y había rechazado mantener correspondencia, *porque me siento muy joven y acabo de cumplir diecisiete años, y mantener correspondencia sería un pequeño compromiso y, a ese respecto, me gustaría estar completamente libre,*

un hombre que la esperó durante dos años, desde el otoño del año 1938 hasta el otoño de 1940, con el estallido de la guerra y la campaña contra Francia entre medio, y entonces le escribió, *a pesar de todo lo que he vivido no he olvidado la noche en que la conocí, a mí mismo me sorprende, pero desde entonces no he dejado de pensar en usted y por eso quería escribirle de nuevo,*

y después de que esa carta increíble le llegara a Eisenach haciendo tres escalas, deslumbrada por la paciencia y la obstinación de aquel desconocido, contestó con una postal, y luego quedaron en encontrarse en el Café, la cita que condujo al primer paseo al castillo de Wartburg, al que siguió un segundo y, apenas quince días después, el compromiso matrimonial,

porque ella, como correspondía a una buena hija, después del primer encuentro había escrito una carta breve a su madre y, luego, una segunda carta más larga y, al mismo tiempo, había informado de todo a la directora del seminario de puericultura, la *tía* Emma von Rentorff, que había citado al muchacho y se había formado una grata imagen de él, y lo había notificado por teléfono a Bad Doberan y, puesto que faltaban pocos días para que partiera a Roma a cumplir sus tareas religiosas en la Via Sicilia, adonde la joven se dirigía ahora a pie, embarazada y aún asombrada por esos pensamientos regresivos, y emocionada de gratitud por todas esas felices providencias,

sus padres no solo exigieron que les presentara a ese joven, sino también un compromiso matrimonial inmediato, después de confirmar la impresión favorable del pretendiente de su hija, que acababa de cumplir los diecinueve, cosa que a él, que no estaba acostumbrado a unas costumbres tan rígidas y devotas, al cabo de tan solo doce días y tres encuentros con la futura novia, lo trastornó mucho antes de acabar cediendo después de una larga conversación con ella y, con el primer beso en un margen del bosque en dirección a Heiligendamm, selló lo que había comenzado a la sombra de los árboles del castillo de Wartburg y tenía que convertirse en *un camino de vida,* igual que en el poema,

He llegado a ti a través de la vida / con tanta firmeza y lucidez como sobre los verdes campos / vuela la paloma largo tiempo capturada y encuentra el camino hacia el hogar, eso había compuesto Börries von Münchhausen, en esos versos radicaba toda la verdad, y había sido la admirada y sabia *tía* Emma la que le aconsejó que quedara con el joven desconocido, *¡al cabo de dos años!,* y les había regalado el poema una vez prometidos, *Y pienso en tormentas y peleas y afanes, / en mis andanzas de juventud aquí y allá, / y así me parece a menudo: toda mi vida ha sido / un camino silencioso, inalterable, hacia ti,*

a menudo, en su camino silencioso, inalterable, por Roma, tenía en mente el castillo de Wartburg como símbolo de la fiabilidad del amor y de la fe y como símbolo de la hermosa

Alemania, también como equivalente a la basílica de San Pedro, la fortaleza de Lutero, la fuerza de Lutero, la imbatibilidad de Lutero, el hermoso lenguaje de Lutero, y como recuerdo de la benevolencia y humildad de santa Isabel, un modelo a seguir más bien protestante, que se había rebelado contra las intrigas palaciegas y, habiendo optado por la pobreza, se había puesto al servicio de enfermos y niños, por lo que también se había convertido en un ideal para las jóvenes puericultoras que estudiaban en Eisenach,

le gustaba pasear por la capital de los católicos con el castillo de Wartburg en mente, por el margen derecho de la calle que descendía ligeramente junto al muro de la Villa Medici, hacia el sur, acercándose a África paso a paso, mirando a la derecha las azoteas ajardinadas, y pensando en su magnífica azotea ajardinada en el hogar de las diaconisas y en las bondades de Roma,

en la fruta fresca que tenía en el plato a mediodía y de noche, con la que en Alemania solo podían soñar, una naranja y una manzana al día, en noviembre hubo incluso uva, unas uvas azuladas, grandes, dulces, y cuando tenía unas ganas irresistibles del tesoro más preciado, de chocolate, podía ir a la habitación de Gert en la Via Toscana, al *cajón del dulce*,

y, además, el benigno sol otoñal en la azotea, una habitación, al principio una para ella sola, ahora otra que compartía con Ilse, y pronto, después del parto, de nuevo una propia, todo eso aun sin el hombre amado también eran *placeres romanos,* un techo sobre la cabeza entre personas cristianas y un plato en la mesa, cuidada y mimada y, encima, sol,

Gert le enviaba de tanto en tanto de África dátiles y pasta de dátiles, pasas, higos y azúcar, a veces almendras, pasta, arroz y, por suerte con bastante regularidad, el apreciado café natural en paquetitos de correo militar que no podían pesar más de cien gramos, o también le daba alguna que otra vez un kilo de café a un compañero en viaje oficial a Roma, recibía la paga en dinero francés, con él compraba el café sin tostar, enviaba casi cada semana uno de esos paquetitos minúsculos, a veces a la familia, a veces a ella, y su compañero Jacobi, de la oficina romana de la Via Quattro Fontane, conocía bien el comercio y vendía por ella el preciado bien,

o la joven lo guardaba en el armario para una urgencia posterior, el café mantenía su valor, o para ocasiones festivas como el regreso desde el frente o el inminente bautizo, el café estaba muy codiciado en el mercado negro, racionado desde hacía años y, últimamente, cada vez más escaso, ya no había café en Roma, se pagaba a precios increíbles, la asombraba cuánto valoraban el café los romanos, ya solo se bebía sucedáneo y no tocaban más que tres rebanadas de pan, cómo podían seguir así las cosas,

Ilse había nacido en Brasil, sabía portugués y había aprendido italiano bastante bien durante los tres años de espera, y le gustaba hablar a su manera, sin tapujos, con el personal de la cocina y de la lavandería, Ilse estaba al tanto del descontento de los romanos, *la gente está harta de guerra,* había dicho Ilse, *y si les quitan el café y el pan, la harina y el azúcar, y les cortan el gas durante horas, aún más,*

eso eran frases claras, en el Reich nadie se habría atrevido a pronunciarlas en voz alta, eso habría sido un acto de desmoralización contra el ejército, y también allí había que ir con cuidado, ojalá Ilse solo lo dijera en la habitación, solo cuando estaban ellas dos a solas, Ilse le hacía confidencias, pero a ella la inquietaban, no estaba acostumbrada a tanta claridad, por eso intentaba limitarse a asentir con un gesto de cabeza a las frases de Ilse, como mucho a pronunciar un leve sí y nada más,

no quería cometer un delito y tampoco quería dañar la voluntad de lucha, porque qué ocurriría si los italianos dejaban de participar o si la guerra llegaba de golpe al final, a un final sin victoria, a un final sin derrota, no podía imaginar qué sería de Alemania, de la pobre Alemania, rodeada de enemigos,

la guerra era una dura prueba, y el tiempo, totalmente inimaginable, posterior a esa guerra también sería una dura prueba, tal vez aún más dura, así lo enseñaba la historia de Job, pero no servía de nada, era inútil preocuparse con esos pensamientos, puesto que solo existía un pensamiento útil, *todos estamos en las manos de Dios, y Dios obrará según su voluntad, y no la nuestra,*

al llegar a la fuente de la pila grandiosa que estaba delante de la Villa Medici, debajo de los árboles, y que convidaba a una breve parada porque desde allí volvían a abrirse las vistas a las superficies titilantes de la ciudad y a la cúpula de San Pedro, al fondo,

delante de la pila de esa fuente, con una esfera de piedra de cuyo ápice brotaba el agua, le vino de nuevo a la memoria el poema de *Fuente romana,* que había aprendido en la escuela,

Asciende el chorro y cayendo inunda / de una marmórea taza el orbe, aunque la descripción de esa fuente no venía al caso, se la sabía de memoria porque le encantaba el final, *y cada una toma y da a la vez / y afluye, y reposa,*

y pasó de largo por un quiosco que había tiempos mejores, donde habría habido café si no hubiera habido escasez, por delante de la imponente cafetera exprés plateada y de cobre, que estaba coronada por un águila de bronce, nunca había visto atareado al hombre de detrás del mostrador, que a veces la saludaba con cordialidad o con una cordialidad sospechosa cuando pasaba por delante y no desviaba la mirada a tiempo, y nunca había gente sentada en las cuatro mesitas de delante,

como si la cafetera exprés y las mesas vacías esperaran el final de la guerra, en tiempos de paz aquel sería un bonito lugar para, allí, enfrente de la Villa Medici y al lado de la fuente, saborear un café demasiado fuerte, como les gustaba a los italianos, en el mostrador había dos viejos de pie hablando con el camarero, la joven apartó rápidamente la mirada, no quería toparse con miradas impertinentes, y recto hacia las torres y la fachada lateral de Trinità dei Monti, con el obelisco delante,

y, puesto que Ilse le caía simpática a pesar de su desparpajo, tenía un porvenir difícil y sabía tanto de Roma, sabía, por ejemplo, por qué todos los niños correteaban con la nariz llena de mocos, los padres no tenían dinero para pañuelos, y la mayoría de la gente no tenía con qué calentarse en invierno y se iban a la cama con el abrigo puesto, de ahí los sabañones, se preocupaba por Ilse, que raramente dejaba caer un comentario bueno sobre la autoridad, por la gracia de Dios, de Hitler y Mussolini, pocos días antes había dicho que Hitler siempre exigía *no mostrar debilidad,* pero eso era contrario a la naturaleza humana, y Mussolini siempre exigía *odiar al enemigo,* pero a los italianos que ella conocía no les gustaba odiar, a ella tampoco le gustaba odiar, por qué tenía que odiar entonces a los ingleses y a los americanos,

por suerte, tal vez por respeto a su interlocutora, Ilse interrumpió ahí la conversación, porque ella, la mujer más joven y siempre callada en cuestiones nacionales y políticas, se había preguntado a sí misma por un momento que, cierto, por qué tenemos que odiar a los ingleses y a los americanos, y en ese mismo instante se había sentido culpable, confundida y espantada por ese pensamiento prohibido,

porque, al fin y al cabo, luchaban contra su marido, contra los alemanes y los italianos en África y, con sus terribles bombas, lanzaban en las ciudades un sufrimiento tremendo sobre gente inocente, y no solo destruían edificios, sino también iglesias, qué dirían los romanos si les destrozaran sus iglesias, esa famosa que daba a la Plaza de España, por ejemplo, hacia la que ahora se dirigía y cuyas campanas colgaban en la torre semiabierta como si quisieran ponerse a tañer de inmediato,

quizás, pensó, deberías distanciarte de Ilse, al menos no deberías mantener más conversaciones que te confundan tanto, Ilse es mayor que tú y tiene más experiencia en la vida, pero es evidente que se apoya muy poco en la fe, apenas habla de eso y tampoco asiste al culto todos los domingos, de ahí, probablemente, sus extrañas opiniones, por otro lado, había que compadecerla y comprenderla, hacía más de tres años que esperaba viajar a la lejana Australia para reunirse con su prometido y, aunque solo fuera por eso, tenía que desear el final de la guerra,

a Ilse tampoco le gustaban los entusiastas de Roma que solo veían la antigua Roma o solo los palacios, altares, columnas y obras de arte, y citaban cada dos por tres a Goethe o los poemas dedicados a las fuentes, porque esos entusiastas, como ella decía, no sabían nada del hambre cotidiana ni del extrarradio, donde la gente tenía gallinas y conejos en los balcones, y no conocían a la gente sencilla ni la terrible pobreza en la que se cimentaba toda la opulencia,

los que trabajaban en la lavandería, en el cuarto de planchar, en la calandria, y en la cocina, podían cantar una canción de Roma muy distinta a la que cantaban los alemanes cultos con su visión estética superficial de la ciudad, muy distinta de la de los expertos de los institutos y la aristocracia alemana de las dos embajadas, la embajada negra en el Vaticano y la oficial con el rey y el Duce,

los entusiastas de Roma de clase alta seguramente no sabían que a los romanos, por ejemplo, les recomendaban preparar las llamadas tortas de guerra sin harina para dulces ni mantequilla, solo con la harina de trigo duro, y que guardaran el agua de hervir la pasta y se lavaran con ella, que era igual de buena que el jabón, que tampoco había, y no sabían cuánta propaganda les hacían a favor del uso del agua de cocción como el mejor de los jabones, y propaganda a favor de los llamados huertos de guerra en las plazas o en los solares sin construir en medio de la ciudad, como delante del Altar de la Patria, donde cultivaban verdura porque había muy poca,

lo de la aristocracia alemana la había afectado, aunque Ilse no dejaba de tener razón, un cristiano siempre tiene que mirar cómo les va a los pobres y, ciertamente, la mayoría de la gente era pobre también en Roma, las cuantiosas victorias y conquistas no habían suprimido la pobreza, sino que la habían empeorado, y

a qué tenían que aferrarse las personas si, como afirmaba Ilse, les ordenaban cómo tenían que hablar y cómo saludar, y si tenían que entrar en el Partido para conseguir un trozo de carne o entradas para el cine a mitad de precio,

pero todo eso, si Ilse no exageraba y era cierto, había que protegerse de exageraciones y generalizaciones, todo eso no era motivo para hablar mal de las clases cultas y de la aristocracia alemana, que seguramente tenían una visión más profunda de las cosas que Ilse, eso tampoco era cristiano, ponerse por encima de los demás y emitir juicios despectivos, y, al fin y al cabo, ella también era una aristócrata alemana, aunque no tuviera una visión tan profunda de las cosas, y aunque el apellido que llevaba desde hacía un año y medio no lo indicara,

a ella más bien le parecía que los alemanes de la aristocracia la trataban de una manera muy amable y solícita, ella no tenía la culpa de su origen y no tenía la culpa de no conocer a ningún italiano además del doctor Roberto, que siempre decía *Camine, joven, no se preocupe por nada, por favor, yo me ocupo de todo, ¡camine!,* y ya había recorrido el largo y precioso trayecto hasta la escalinata de la Plaza de España,

bien atendida en la *colonia* de los alemanes y en la comunidad alemana, ella no tenía la culpa de que le fueran mejor las cosas que a los pobres romanos y de no tener apenas más quehaceres que comprar o tejer ropa de recién nacido, escribir cartas y acudir cuatro o cinco días a la semana a la oficina del servicio postal militar, adonde llegaba y de donde salía el correo militar, y ayudar a las hermanas en la cocina y recogiendo y preparando cosas para el horno y colgando adornos para Navidad,

una Navidad con las hermanas, casi como en casa, con árbol, espumillón y velas, *Noche de paz* y otros villancicos en la Via Alessandro Farnese, con el evangelio de Navidad y manteles blancos sobre las mesas, con galletas y regalos, un bloc de notas, *Hermann y Dorotea,* cosas para el niño, con manzanas, almendras, naranjas, higos, nueces, con una larga carta de Gert y un paquete de Bad Doberan, por primera vez una Navidad lejos de la familia y, aun así, sin nostalgia, en tanto que Gert, después de cantar *Noche de paz,* tuvo que aguantar en Túnez una velada aburrida entre compañeros con una buena borrachera,

la Navidad había pasado, faltaban unas cuatro semanas para el nacimiento de su hijo y nadie podía reprocharle que solo ayudara en tareas sencillas en la cocina y no tuviera apenas más quehaceres

que esperar al hijo y al marido, con el niño se podía calcular más o menos, pero la llegada del hombre que le había prometido enseñarle el interior de las iglesias más importantes, también aquella, la de Trinità dei Monti, no se podía calcular, dependía de los poderes más altos, de la voluntad de Dios y del curso de la guerra, él le había dejado la guía Baedeker y le había dado un consejo, *mira a tu alrededor, en Roma se puede descubrir algo hermoso cada día,*

y cada día encontraba algo hermoso, como ahora, las vistas desde la barandilla en lo alto de la Escalinata Española, cimbreante y garbosa, todas sus amigas y toda la familia en el Reich la envidiarían por esas vistas, consideradas las más hermosas de Roma y de las que ella podía disfrutar como si nada en el camino desde su habitación a la iglesia,

justo por encima de los edificios más altos del centro, con la maraña laberíntica de tejados y azoteas, chimeneas y cúpulas junto al sol de invierno, que declinaba sobre la basílica de San Pedro, se teñía de un suave anaranjado y aguzaba el perfil del horizonte de colinas y de las tenues franjas de nubes,

y podía pasear la mirada desde los peldaños anchísimos hasta las palmeras y las fachadas multicolores del sur y hacia las azoteas, llenas de plantas también en invierno, y hacia dos limoneros y naranjos relucientes situados detrás de un seto en un jardincillo de la izquierda, y de nuevo hacia arriba, hacia las cúpulas y los tejados y los primeros vestigios de luz vespertina,

quién no querría cambiarse por ella, pasear por Roma, por esa escalinata donde se podía sentir el cielo, en el sur, en el país de la uva y las naranjas, y sin bombas, por una guerra acompañada solo de sirenas, y luego a un concierto, y aun así no podía pensar en ello sin ser desagradecida, echaba de menos, allí precisamente, la voz y los conocimientos, la calidez y la proximidad del hombre que le pertenecía, deseaba ver Roma como él y no como la guía Baedeker, le habría gustado saber qué diría él si supiera que ella, en esa célebre y siempre admirada Escalinata Española, hecha de piedra caliza clara y porosa, veía una escalera al cielo, la escalera al cielo del Jacob de la Biblia, de la Biblia ilustrada de su niñez,

una escalera al cielo cimbreada, ligeramente arqueada, que subía desde las calles de la ciudad y de lo terrenal, desde la fuente de la barcaza y las tiendas y los puestos de flores, que ascendía con sinuosidades, rodeos, balaustradas, plataformas, hacia el cielo, al obelisco, y conducía a la iglesia situada en lo alto, *Allí tuvo un sueño, en el que veía una escalera que estaba apoyada en la tierra y llegaba hasta el cielo, y por la cual los ángeles de Dios subían y bajaban,*

en la guía Baedeker ponía algo de rococó o barroco, eso a ella no le decía nada, pero sí le decía algo el pasaje de la Biblia y le habría gustado saber si estaba permitido pensar allí, en medio de Roma, en el patriarca de Israel y su escalera al cielo,

siendo uno ario y teniendo en cuenta que no se podía hablar de los judíos, y también los personajes del Antiguo Testamento eran de algún modo sospechosos, sobre todo porque en ese pasaje, lo había releído, se exhorta a Jacob a extender el pueblo de Israel por los cuatro puntos cardinales, y ese era precisamente el problema con los judíos, que eran culpables de la mezcla insana de razas, tal como le habían enseñado en las clases de antropología racial en el colegio y en la Liga de Muchachas Alemanas, a lo mejor incluso había judíos en Roma, no lo sabía, no recordaba haber visto a nadie con una estrella amarilla en el abrigo y no había oído a ninguno de sus conocidos de Roma pronunciar jamás el espinoso término de judío, ni siquiera a Ilse,

podía ser muy peligroso que te viniera a la memoria algo tan simple como la escalera al cielo, aunque no fueran ángeles los que subían y bajaban, sino romanos corrientes, ciudadanos sin miradas de asombro o de orgullo por la maravilla que utilizaban como atajo entre la parte alta y la parte baja de la ciudad, solo un viejo que ofrecía castañas recién asadas en el centro de la escalinata parecía tener algo del recogimiento y la paciencia de un ángel,

en esos tiempos no se podían esperar andares alegres, saltarines, ni rostros sonrientes, ni siquiera en una escalera al cielo, pero tal vez sí a algunas personas caminando respetuosas o al menos sentadas en los escalones y disfrutando de la espléndida vista,

podría haber hablado del tema judío y de su ocurrencia con Gert, si hubiera estado allí, con nadie más, también por eso lo necesitaba a su lado, para poder hablar de algo tan espinoso, de la peligrosidad de sus ocurrencias,

sola no se aclaraba sobre qué podía decirse y qué no podía decirse, qué había que pensar y qué era mejor no pensar y cómo había que desenvolverse con los sentimientos contradictorios, y todo eso solo podía dirimirlo consigo misma hasta que él regresara,

Gert le dijo un día, y algo parecido decía también su padre cuando hablaba de principios cristianos, *nuestro Dios, nuestra Biblia, nuestra fe, son superiores a toda razón y, por lo tanto, también a cualquier autoridad a la que incluyamos en nuestros ruegos durante el culto, pero si el Führer se alza por encima de Dios y de la voluntad de Dios, no podemos obedecerlo ciegamente,*

y tampoco está en la Biblia que tengamos que ir contra los judíos o combatirlos, nuestra fe está estrechamente ligada a su fe, por eso es injusto cargar contra los judíos, eso más o menos decían los hombres de la Iglesia confesora, con la que simpatizaban su marido y su padre, cosa que también podía expresarse únicamente en secreto y en voz baja,

todo era demasiado complicado, DIOS CON NOSOTROS ponía en la hebilla de los soldados, debajo del águila posada sobre la cruz gamada, en todos los uniformes se unía a Dios y al Führer, también Gert llevaba a Dios y el águila y la cruz gamada a la altura de la barriga, pero a él no le gustaba hablar de eso, todo era demasiado complicado,

de todas formas, lo mejor era callar y, siendo mujer, había que contenerse con más motivo, qué rápido se escapa por la boca una ocurrencia, un pensamiento, las palabras dichas sin pensar podían beneficiar al enemigo, *¡El enemigo acecha!,* le habían enseñado, o ser peligrosas para uno mismo,

existe el arma del silencio y el arma de las palabras, le habían enseñado en la Liga de Muchachas Alemanas y, puesto que ella prefería callar de todos modos, especialmente cuando no estaba segura de sus pensamientos y no se le habían apaciguado las pequeñas dudas, sabía que su tarea consistía en confiar pacientemente en Dios y proseguir imperturbable su camino,

y al acariciar el obelisco con una breve mirada atrás, descubrió la figura de un hombre arrodillado delante de un hombre pájaro, y eso la llevó de inmediato a considerar

si, puesto que aumentaban las alarmas antiaéreas, también protegerían y cubrirían pronto ese obelisco y sus curiosidades, la Escalinata Española y la hermosa fuente de la barcaza con encofrados de madera, arena o cemento,

igual que otros monumentos que ya no podían verse, la estatua ecuestre de un emperador en el Capitolio, que aparecía reproducida en gran formato en la guía Baedeker, tapada por una estructura de tablas y vigas de protección, el arco de Constantino, envuelto por todas partes con sacos de arena, el Moisés de Miguel Ángel, tapiado, las altas columnas de la antigua Roma, sostenidas por armazones de madera,

cada vez se veían más protecciones de ese tipo en el centro, a veces pintadas con propaganda, como *Vincere! Vincere! Vinceremo!*, o con mapas del Imperio Italiano hasta Abisinia y las tierras conquistadas en el norte de África, por las que a aquellas alturas se luchaba encarnizadamente o ya se habían perdido,

por qué las balaustradas, escalones y barandillas de la escalera al cielo de la Plaza de España o el obelisco con el hombre pájaro, por qué no iban a poner todo eso también a salvo de posibles bombas, igual que las otras obras, como medida de precaución, igual que las demás medidas de precaución, había que demostrar al pueblo que se preocupaban de la seguridad aunque en Roma no caían bombas, no caería ninguna bomba en la ciudad de la Antigüedad clásica y del Papa, en la ciudad con el sobrenombre insensato, pero útil en esos tiempos de guerra, de «ciudad eterna», que los americanos y los británicos también conocían y respetaban,

y que sin duda también respetaban los militares alemanes, tres oficiales de la Marina salieron del hotel situado al lado de la iglesia, un hotel muy elegante, tan elegante que la joven solo se atrevió a mirar de reojo hacia la puerta giratoria y al portero con uniforme azul y galones dorados que despedía a los oficiales con un saludo enérgico, aunque no con el saludo alemán o el saludo romano que Hitler había tomado de los fascistas italianos, quienes imitaban con él a los antiguos romanos,

un carro de caballos que venía por la Via Sistina se cruzó en el camino de los oficiales, se detuvieron, ligeramente risueños, y luego deambularon hacia el carro de un vendedor de recuerdos que esperaba clientes delante de la escalinata,

también los alemanes, también los militares amaban Roma, los alemanes tampoco harían nunca nada que pudiera dañar el esplendor de la Ciudad Eterna, de la capital de los italianos aliados, todos los oficiales veían allí el Sacro Imperio Romano Germánico de los libros de Historia,

en eso coincidían todos los alemanes que había conocido allí, sobre todo los del entorno de la iglesia o del presbiterio, la mayoría de los cuales no eran *gente oficial,* como Gert decía, pero ni siquiera a los ardientes nacionalsocialistas se los creía capaces de causar daños a la Roma sagrada, ni siquiera en la peor situación bélica,

Augusto, el Papa y Goethe, decía la señora Bruhns, *se ocuparán de que Roma siga intacta y nosotros podamos sobrevivir aquí,* y el señor Bruhns, siempre un poco exaltado, decía, *y si nuestro Goethe les importa un rábano a los ingleses, los gentlemen no bombardearán las tumbas de Keats y Shelley,* quizás la señora Bruhns había dicho César y no Augusto, ya no se acordaba, quizás el señor Bruhns también había mencionado otros nombres ingleses, ya no se acordaba,

no dejaba de oír frases por el estilo y, sin embargo, la ciudad tenía que estar a oscuras desde las cinco y media de la tarde hasta las seis y media de la mañana, y ella no pensaba en Goethe o en el Papa, en ese instante pensaba en el curioso hombre pájaro del obelisco, en los dos caballos viejos de antes, en las gallinas y los conejos en los balcones, que ella nunca había visto, y pensó en su hijo, rezó por poder traer a su hijo al mundo en una noche sin alarmas y sin bombas,

y al adentrarse en la oscura Via Sistina, entre el hotel elegante y un lujoso edificio cantonero que, con una terraza espectacular en la que parecían crecer árboles, destacaba como la proa de un barco sobre la plaza, cerca de la Escalinata Española, un edificio del Kaiser Wilhelm Institut, donde trabajaba el señor Bruhns y otros historiadores del arte alemanes, también en esa fachada las horrendas flechas negras indicando los refugios antiaéreos, y recorrió la calle estrecha, sombría, el trecho de camino que menos le gustaba, después de la espléndida belleza de la Escalinata Española y de la plaza con el obelisco delante de Trinità dei Monti, en una callejuela lóbrega

recordó el versículo *Entrad por la puerta estrecha,* el lema del mes de enero, y esbozó una sonrisa porque se le había ocurrido pensarlo precisamente allí, después de la luminosidad y la amplitud del camino recorrido, también eso era un milagro o una bendición, la Biblia brindaba para cualquier situación de la vida, incluso para un paseo vespertino por Roma, los ánimos adecuados, siempre útiles y confortantes,

después de toda estrechez hay amplitud, después de toda oscuridad, luz, después de toda necesidad, ayuda y salvación, pero era incómodo y fatigoso y entrañaba mucha renuncia alcanzar la luz y la salvación, la redención y la bienaventuranza, ese era más o menos el significado del versículo, todo iba bien, todo estaba en manos de Dios, y cuanto más firmes en esa fe se mantenían las personas, menos se descorazonaban por preguntas y miedos, más serenas podían pasar por calles oscuras como aquella,

detrás de una de esas ventanas tenía que estar el despacho del afable señor Bruhns, había tantos alemanes afables allí, que se preocupaban por ella porque se habían enterado de la trágica separación, como algunos decían, del joven matrimonio después de pasar tan solo tres días juntos, amigos y conocidos de su marido, que la invitaban a tomar el té o hablaban con ella después de los servicios religiosos o pasaban por el hogar de las diaconisas y la animaban con preguntas llenas de comprensión sobre su salud, le gustaba escucharlos cuando hablaban de aquella ciudad, todos la conocían muy bien y se conocían entre ellos, puesto que no se podía hablar claramente sobre la guerra y la situación en Alemania, conversaban sobre el tema inacabable de Roma y todo lo que había que lamentar y admirar en ella,

evidentemente, todos tenían su propia opinión firme, su imagen de Roma, uno se dedicaba únicamente a las iglesias, al misterioso Vaticano y al Papa de los silencios, otro se centraba en la Antigüedad y el foro, los arcos de triunfo y los incontables emperadores, unos admiraban la arquitectura llena de adornos de la época barroca, otros los edificios nuevos de Mussolini, rectilíneos, sobrios, unos observaban elegancia y presteza por todas partes, los otros pereza, lentitud y fealdad, y solo a unos pocos parecía agradarles o amaban la ciudad entera, la Roma contradictoria, impenetrable,

y aún no había conocido a nadie que también apreciara a los romanos, a los italianos, a nadie a quien le gustaran de verdad, excepto Ilse quizás, que prefería charlar con las lavanderas y las planchadoras en el sótano a informarse en conversaciones con las esposas de consejeros de legación, consejeros de embajada o agregados diplomáticos,

se solía mirar por encima del hombro a los habitantes de Roma, discretamente y sin menosprecio, con la misma naturalidad con que, a pesar de todo el amor al prójimo, se situaba en un nivel inferior al personal, la servidumbre, los ayudantes, los porteros,

incluso creía haber observado, como oyente silenciosa en alguna que otra conversación, que se reían antes de profesores, políticos o personas respetables italianas que de personas respetables alemanas, igual que alguna que otra vez alguien se reía o se atrevía con una pequeña broma sobre el Duce, pero nunca jamás sobre el Führer,

ella también tenía que admitir que los italianos le resultaban extraños, casi inquietantes, la gente, jóvenes o mayores, hombres o mujeres, que se encontraba en las aceras demasiado estrechas de la Via Sistina, la mayoría hacían sitio a la embarazada, no tenían aspecto

de querer contribuir al entendimiento entre los pueblos de las dos potencias del Eje, tampoco parecían tan contentos y alegres como se esperaba de los italianos, sino más bien indiferentes o como conquistadores decepcionados, relegados de un orgullo nacional, y si sus semblantes, sus ojos, revelaban algo, ese algo era la pregunta muda: hasta cuándo,

la mayoría tenían prisa o hacían ver que tenían prisa, con sus bolsas de la compra o sus carteras, en ninguna parte de esa calle concurrida vio a dos personas juntas y charlando, como si eso fuera sospechoso, dos hombres mayores esperaban a la clientela en una tienda de productos para el hogar, uno al lado del otro cerca de la puerta, adustos como guardianes, como si no debieran permitir la entrada a nadie,

desde el desagradable incidente en el autobús, intentaba distanciarse de los italianos y solo subía al tranvía o al autobús cuando llovía a cántaros, y aunque a ella, con su barriga redonda, enseguida le ofrecían un asiento, prefería andar, desde aquella tropelía había perdido las ganas de escribir palabras italianas en su libreta de vocabulario y de intentar al menos aprenderlas, y, a pesar de todo, bajando por la Via Sistina se sentía dichosa y libre pensando

que no tenía que participar en las conversaciones con los amables alemanes que tanto sabían de Roma, que la conocían bien y se recomendaban mutuamente los pocos restaurantes abastecidos gracias a tratos de favor o dónde comprar las pocas especialidades italianas disponibles, y parecían tener una opinión firme sobre Roma y los romanos, sobre Italia y los italianos, y todos hacían ver que habían hallado la clave y resuelto el enigma de Roma,

mientras que a ella todo le seguía resultando enigmático, como la escena del obelisco en lo alto de la Escalinata Española, el hombre arrodillado, si era un hombre, delante del hombre pájaro, jeroglíficos o no, aquellas imágenes quedaban grabadas, inexplicables, paganas, sin que pudieran interpretarse ni siquiera con pasajes de la Biblia,

en el fondo se sentía aliviada por no tener que participar en la competición de los expertos en Roma, no le molestaba en absoluto entender tan poco la inagotable Roma como la imagen diminuta del obelisco, ella no quería ser cultivada y culta o tener que hacer ver que era cultivada y culta, no quería desviarse de las dos tareas que tenía, traer a su hijo al mundo, si esa era la voluntad de Dios, y estar lo más cerca posible de su marido y estrecharlo en sus brazos lo antes posible, si esa era la voluntad de Dios,

y se vio a sí misma, *quien deja reinar al buen Dios*, en la puerta de entrada de una perfumería donde habían instalado un espejo largo que llegaba hasta las caderas, mucho mayor que el espejo del cuarto de baño de las diaconisas, se vio con sombrero, se encontró casi demasiado descarada con él, demasiado atrevida, demasiado ostentosa, *será milagrosamente preservado por Él,*

pero a Gert le gustaba que tuviera un aspecto elegante, como él decía, *vístete siempre bien y compórtate con toda modestia, como una dama, para que te tengan respeto,* y en ese instante, al verse con los ojos de Gert, se tuvo realmente respeto,

miró con orgullo su barriga y el rostro delgado, delicado, demasiado infantil todavía para su gusto, *perfilado como una madonna de Perugino,* había dicho Gert un día, y le había enseñado una postal con un retablo de ese pintor y le había hablado de la desconcertante semejanza, fuera pensamientos vanidosos,

la Via Sistina bajaba al principio y cruzaba la plaza con la fuente del hombre pez, y luego subía y desembocaba en la Via Quattro Fontane, hacia la oficina del servicio postal militar donde ella recogía las cartas de África, los sobres prometedores sin sellos, solo franqueados, las señales de vida con el número de correo militar 48870, y las abría en un rincón tranquilo

o más tarde en la calle y echaba una ojeada a los renglones sobre el papel cuadriculado antes de leerlo todo tres o cuatro veces con tranquilidad en casa, y si Ilse no estaba en la habitación le leía la carta a media voz a su hijo, cosa que le deparaba el placer más profundo y secreto cuando notaba en sus entrañas los movimientos de respuestas sin palabras,

Gert, sin apenas respiro en el agotador servicio desde las seis de la mañana hasta medianoche, generalmente solo podía escribir cartas breves o garabatear de noche, cuando ya no había luz, un par de frases a la luz de las velas, y ella, después de la lectura, guardaba en su memoria al menos un comentario, y lo llevaba consigo hasta la próxima carta para que algunas de sus palabras permanecieran con ella durante el día y la noche y en sueños y por la mañana, para que fueran con ella, resplandecieran en ella,

como ese sábado, en que llevaba consigo las palabras antiguas de hacía nueve días, las palabras recientes de hacía nueve días, de la carta del 7 de enero que había recibido ayer, *Absorbe todo lo bello que Roma ofrece, eso también beneficiará al pequeño,*

y dobló por la esquina de la Via Crispi, que subía empinada, un afilador había plantado allí su bicicleta y accionaba con los pedales la piedra de amolar y afilaba un cuchillo de cocina mediano, ese hombre mayor era casi idéntico al afilador que pasaba cada dos semanas por la Bismarckstrasse en Bad Doberan, al que todos llamaban Fritz, el agudo Fritz, y poco faltó para que le dirigiera la palabra a ese colega romano en bajo alemán,

la Via Crispi, donde joyerías, tiendas de corbatas y de ropa interior mostraban su escasa oferta en los escaparates, alianzas que parecían de latón blanquecino, como si las hubieran hecho con casquillos de bala, tres corbatas oscuras al lado de la gorra extraña y el uniforme de las juventudes hitlerianas italianas, que, por supuesto, se llamaban de otra manera que ella no sabía, camisetas y tres calzoncillos discretamente plegados, las tiendas parecían abandonadas, con las estanterías casi vacías, en la guerra nadie compra joyas y quién compra corbatas cuando el hambre se sienta a la mesa, a lo sumo corbatas negras para entierros, probablemente aún se hacía negocio con la ropa interior de abrigo, pues en la mayoría de las casas no tenían con qué calentarse,

a lo mejor también había ropa blanca de invierno en el mercado negro, porque todo lo que calentaba, lana y algodón, se destinaba a los soldados que estaban en la gélida Rusia bajo el lema *Lana por la patria,* y la posesión de cosas de lana casi equivalía a una traición a las tropas del Eje que luchaban valerosas,

la calle subía muy empinada y, al cabo de unos pocos pasos agotadores, la joven torció a la derecha, a la Via degli artisti, una calle lateral más estrecha y que también subía, y procuró apartar de su mente ese pensamiento incidental, grave y desagradable, nada que ver precisamente con *todo lo bello que Roma ofrece,* pensando en su querido esposo,

que hacía poco, en vista de la delicada situación en el frente ruso, le había escrito con total franqueza, *con cuánta indulgencia me ha guiado nuestro Dios haciendo que viniera a parar aquí y no allá,* y que un año y medio antes había tenido la suerte de resultar herido en la pierna a las pocas semanas de la campaña en Rusia y de que lo enviaran al hospital militar, una historia larga y desagradable con una herida que no paraba de abrirse

y que al principio lo había librado de que volvieran a enviarlo como chófer de Infantería a la nieve y el hielo del frente ruso, donde ya habían caído muchos hombres y ahora había compañías enteras rodeadas, y luego le permitió, como herido leve, realizar algunos trabajos de oficina en el servicio postal militar de Roma y, de paso, dedicarse por fin de nuevo a su profesión y cumplir sus tareas en el púlpito, en el altar y en la pila bautismal de la Via Sicilia, cosa que debería estar haciendo ese invierno, acompañado por ella,

si no hubieran vuelto a perder una gran batalla en El Alamein y la tropa no hubiese requerido *por necesidades militares* también a los reservistas, a los temporalmente exentos, a los heridos leves, al menos para las oficinas en el frente de África, donde él continuaba sufriendo de la pierna y discutía con los médicos y los capitanes médicos sobre la terapia adecuada y, entre los renglones de las cartas sobre papel cuadriculado, mostraba esperanzas de que quizás, para tratarle mejor la pierna, pronto lo enviarían de vuelta a Roma,

donde ella, con piernas sanas y solo resoplando un poco y con un hijo dándole patadas en el vientre, emprendía la subida como si caminara por Gert, que no podía andar demasiado, y pasaba por delante de una tienda abierta donde reparaban bicicletas, y por delante de un carpintero canoso que acababa de abrir la puerta de su taller y le dedicaba una mirada larga y asombrosamente afable,

necesitaba a su marido a su lado y ponía todas sus esperanzas en la pierna enferma, ambos deseaban, sin poder expresarlo abiertamente, que la herida llegara a un punto en que tuviera que ser tratada en Roma o en un hospital militar de Italia, pero que no fuera tan grave como para llegar a ser realmente un peligro, una inflamación del tejido celular, opinaban los médicos, y no sabían cuál era el remedio adecuado, las glándulas se inflamaban pero la enfermedad se soportaba sin dolor mientras pudiera estar sentado en su oficina, no empeoraría, tampoco mejoraría, solo tenía que cambiarse el vendaje cada día y ponerse pomada, no tenía que moverse demasiado y no pudo visitar las magníficas ruinas romanas de Túnez como sus compañeros,

recientemente, más de un año después de la acción en Rusia, había recibido la más sencilla de todas las condecoraciones por su pierna enferma, la medalla del Frente Ruso, una condecoración tan insignificante que se la entregarían algún día una vez acabada la guerra porque el metal hacía falta en otro sitio, de momento solo existía una carta formal sobre la concesión y la cinta de la medalla,

de hecho, la pierna con la herida infectada debería curarse en un buen hospital militar, pero mientras él estuviera en condiciones de sentarse y teclear y telefonear en Túnez, mientras tanto, sus superiores no lo dejarían marchar, y acaso se podía ser tan egoísta para dejar en la estacada a los camaradas en Rusia y en África por una pierna que aún podía más o menos caminar y mantenerse en pie, para arrebatar otro hombre al Ejército y, con ello, la joven notó la irresistible amenaza de ese pensamiento indeseable, tal vez poner en peligro la victoria, la victoria de las potencias del Eje,

por otro lado, si la pierna se curaba algún día, no lo enviarían de inmediato a Rusia o a algún otro frente terrible, pero se habría acabado el puesto de oficina, bastante protegido, en una mansión a las afueras de Túnez, donde caían bombas esporádicamente, pero *el enemigo tampoco es tan tonto para lanzar sus bombas en un barrio residencial de lujo,*

tal vez era realmente mejor para él, quién podía saberlo, permanecer de momento en la costa africana, *relativamente a salvo,* adonde lo habían mandado y destinado, y donde al menos se permitía el lujo de freírse una salchicha de carne en conserva un día a la semana en una cocina de verdad, con fogones de gas, quién se atrevería a determinarlo, no había que desear demasiado, ni esperar demasiado, *todo está en manos de Dios, tendremos paciencia y nos encomendaremos a Él,*

se decía cuando se embrollaba en sus reflexiones, y también ahora se repitió esas palabras para tranquilizarse, para desenredarse al menos por un instante de las complicadas cuestiones de las ventajas e inconvenientes de la historia de la pierna,

aún le quedaban unos minutos hasta la Via Sicilia, miró hacia abajo, a la calle que torcía a la derecha y conducía a la fuente del hombre pez, desde ahí arriba, el hombre pez de mármol, que ella había contemplado muy a menudo con curiosidad y desconcierto, se veía de lado, el agua manaba y se vertía por la concha que sostenía en lo alto, *asciende el chorro y cayendo inunda,* aquella tampoco era la fuente a la que debía de referirse el poeta de la *fuente romana,*

por qué en la capital del cristianismo había figuras tan paganas por todas partes, como ese hombre pez, el hombre pájaro, los dioses con tenedores, por qué en los postes de las farolas y en todas las tapas del alcantarillado ponía s.p.q.r., a veces con puntos entre medio, a veces sin, alguna cosa en latín, le había explicado Gert, también lo había olvidado y no se atrevía a preguntarle algo tan banal a la señora Bruhns, quién lo creería en Alemania, latín en las tapas de hierro fundido del alcantarillado sobre las que ella caminaba, cien veces al día sobre el hierro sólido con las letras mayúsculas S, P, Q, R, extrañas sendas a través de dos milenios,

notó que algo se rebelaba en su interior en contra de tener que ahogar con la razón y la fe el sentimiento de añoranza, porque los sentimientos estaban prohibidos en la guerra, no se podía gritar de felicidad, había que tragarse la tristeza y estaban obligados a ocultar el lenguaje del corazón, como un soldado,

y la añoranza por quien podía contestar a esas preguntas, por quien podía facilitarle la comprensión de lo que veía y lo que había que sentir por los miles de detalles de esa ciudad, que atraía y repelía con el esplendor de sus colores cambiantes, sorprendentes, ella sabía muy bien

quién era capaz de poner en pie las ruinas de los foros para ella, de completar los palacios y los templos, de traducir el lenguaje de las piedras, de dar vida a los incalculables fragmentos del pasado, de explicar las imágenes y las esculturas de los dioses con tenedores y de los hombres pez, de conseguir que el ornato de las iglesias resplandeciera, de reconciliar las contradicciones entre lo pagano y lo piadoso con frases sugerentes, incluso en un rincón anodino como aquel, donde los ojos tenían la opción de mirar abajo, a la derecha, a la Via Veneto y la fuente, o a la izquierda, a un jardín tranquilo, vallado y con palmeras delante de una iglesia de monjes irlandeses, no podía dejar que se le notara la añoranza, eso no era propio de la mujer de un soldado alemán, que debía esperar pacientemente en la patria, primero la victoria definitiva y, luego, a su marido,

pero ella no estaba en la patria, estaba en el extranjero y llevaba un hijo en las entrañas, ella misma se había lanzado a la aventura de abandonar la patria y a los padres, y había seguido al marido sin sospechar que Dios había planeado otra cosa, y nadie podía esperar de ella que fuera por el extranjero con el corazón alegre,

pero no debes refugiarte una y otra vez con tu pena y tu miedo en el corazón de Dios, también puedes desahogarte llorando y rogarle una y otra vez que te conceda un corazón firme, que todo lo que viene de Su mano, también lo peor, sea por nuestro bien,

ella no se quejaba, nada más lejos de su intención que lamentarse, le iba *infinitamente bien*, ella solo intentaba seguir el consejo que él le había dado con su letra inclinada, no muy legible, *absorbe todo lo bello que Roma ofrece,* una y otra vez notaba, entre lágrimas secretas, que eso era mucho más difícil de lo que él creía, porque la sobrevaloraba de puro amor y no quería hacerse a la idea de hasta qué punto ella se sentía desamparada en esos laberintos del pasado, eran demasiados pasados de golpe,

y por eso la añoranza brotaba una y otra vez en su interior, como una flor que se abría prematuramente, más fuerte que la razón y que los mandatos militares, y no podía apartar enseguida y sosegar de inmediato con la fe en *Él, el que todo lo guía y hace justicia,* todo lo que el corazón le susurraba palpitando, en la acera, un hombre con camisa negra le bloqueaba el paso, había apoyado su bicicleta sobre el sillín y el manillar, y estaba intentando ajustar en el engranaje la cadena, que había saltado, al parecer no lo lograba, se observó los dedos negros de grasa y maldijo, luego la miró a ella con cara de haber sido sorprendido en falta y maldijo de nuevo, la joven lo sorteó,

lo que la sosegaba era la naturaleza, el verdor de enero, palmeras, cipreses, pinos y agaves en un jardín situado detrás de un muro de cuatro o cinco metros de altura, bajó la calle por debajo de las ramas fornidas de los imponentes árboles, el muro tendría un metro de grosor, y lo sostenía y lo soportaba todo,

cruzó a la derecha de la calle, no porque tuviera miedo de que el muro se tambaleara, sino para contemplar mejor la opulencia verde que rodeaba la mansión de varias plantas situada sobre una colina, y se deleitó con el amarillo de las mimosas

hasta que en la siguiente esquina descubrió un edificio con una fachada adornada por cuatro querubines de piedra, cuatro niños rollizos con alas suspendidos en la pared del chaflán, dos sostenían y enmarcaban un escudo de armas con la fecha de 1889, debajo había un lazo del que colgaba cabeza abajo otro niño, que sostenía una guirnalda con frutas dos veces más grande que él, y en la piedra se distinguían uvas, naranjas, limones y manzanas en las que se columpiaba el cuarto niño,

el relieve se extendía desde el cuarto piso hasta la segunda planta del edificio, hasta la altura de la barandilla de un balcón que parecía una red para los audaces artistas, cuatro querubines gimnastas, danzarines, que tenían algo desconcertante con su desnudez infantil, exhibiendo abiertamente sus atributos,

dentro de unas cuatro semanas, la joven no pudo reprimir ese pensamiento, verás qué sexo tiene tu hijo, y no quiso pensar en ello tan explícitamente y que la gratitud por el milagro que crecía y prosperaba en ella se enturbiara con deseos caprichosos, superfluos, niño o niña, también eso era voluntad de Dios, todos los hijos un regalo, y estaban de acuerdo en el nombre si era niña, igual que si era niño,

y subió la calle hacia la izquierda, pasando por delante de la fachada cargada de semiesferas, columnas, molduras, nichos y estatuas de la villa que se alzaba como un gran pastel y cuyo tejado, con balaustradas y balaustres como torres de vasijas, destacaba al caer la tarde en el suave azul invernal del cielo, las persianas de color verde mate estaban bajadas en la mayoría de las ventanas, quizás el palacio no estaba habitado o costaba caldearlo, muchos romanos ricos, se oía decir, se habían retirado a sus tierras en el campo debido a las alarmas antiaéreas y al precario abastecimiento de alimentos,

la casa de los querubines era del año 1889, casi el año de nacimiento de su padre, que habría considerado indecorosos a los niños desnudos esculpidos en piedra y el encuentro con un hombre uniformado que maldecía en voz alta por la cadena de su bicicleta, un fascista del Partido, y habría soportado mal la visión del lujo de esa villa y de la Via Ludovisi, hacia la que ahora doblaba la joven, vivía y se había criado siendo tan pobre, gracias a Dios tan disciplinado, tan autoritariamente humilde para sacar adelante a seis hijos y educarlos para que fueran buenos cristianos, ella había intentado imaginar alguna vez a su padre en Roma, pero un capitán de corbeta retirado y evangelizador estricto en la fe como él encajaba tan poco como ella en esa exuberancia católica de lujuria estética,

y aún menos en esa zona de la Via Veneto, con los innumerables y enormes hoteles, restaurantes y cafés, ni siquiera con su uniforme de oficial de la Marina, que volvía a llevar desde septiembre de 1939 para inspeccionar en Kiel los buques de guerra recién construidos, y también los reparados, antes de que los enviaran con soldados más jóvenes a los campos de batalla de los mares, aunque apenas llamaría la atención en ese barrio de la ciudad, en sus hoteles y restaurantes, porque allí tenían su sede algunas oficinas alemanas y a veces se veían oficiales alemanes por allí,

delante de una zapatería cara había un hombre con un abrigo gris, limpiándose las gafas, sin embargo, parecía fijarse más en lo que se reflejaba en el cristal que en los zapatos o en sus gafas, quizás un espía, pensó, *el enemigo acecha,* pero qué aspecto tienen los espías, tal vez uno inglés, uno americano, y qué aspecto tienen los ingleses, qué aspecto tienen los americanos, y prefirió continuar a toda prisa,

y ella, igual que su padre, no podía pasar por delante de edificios lujosos, con columnas en entradas solemnes, con balcones señoriales y abundantes ornamentos y molduras en las ventanas, sin preguntarse quién se permitía o podía permitirse aún vivir allí, sentarse a la mesa o tomarse un café, pecaminosamente caro, imposible de conseguir en ningún otro sitio,

pero tuvo que admitir que eso solo era una suposición, un prejuicio, quizás detrás de las ventanas adornadas con flores o debajo de la cúpula del Hotel Excelsior, por donde ahora se apresuraba a pasar, solo bebían té o zumo de naranja o vino o el habitual café sucedáneo en tazas preciosas con bordes dorados,

en todos sus paseos a la iglesia le daba vueltas al enigma de quién llenaba todos esos hoteles en el cuarto año de la guerra y para quién abrían las puertas y llamaban con un silbido a los taxis los porteros, siempre serviciales, uniformados con el orgullo de sus colores y galones, no había turistas extranjeros, los ricos vivían en el campo, quedaban hombres de negocios, militares y capitostes del Partido de Alemania, Italia y Japón, y quizás incluso espías,

al cruzar la Via Veneto, una mirada breve a la derecha, donde la calle bajaba enroscándose en curvas elegantes hacia la fuente del hombre pez y hacia la fuente de las abejas, y una mirada larga al extremo superior de la lujosa calle, hacia las puertas de la antigua muralla romana, un esplendor lejano de veneración y firmeza subyacía en el tono castaño de los vetustos ladrillos,

una muralla que se había construido, según le había explicado Gert, para proteger a los romanos de nosotros, de los bárbaros, de los germanos, aproximadamente en el siglo en el que transcurría la obra *Una lucha por Roma* de Felix Dahn, que ella había leído por recomendación de Gert para preparar su estancia, ahora ya no hacían falta murallas, ahora los romanos y los germanos hacían causa común, aliados sólidamente en un eje contra el resto del mundo hostil,

y en el camino, subiendo por la Via Veneto, a la altura del Hotel Excelsior se cruzó con damas y caballeros elegantes y chicas maquilladas que iban por las aceras anchas, y tan cerca, casi tocando los enigmas de la riqueza que se ocultaban tras los muros del hotel, sintió la dicha de una profunda gratitud porque aquel no era su mundo y por tener a un hombre a su lado a quien todo aquello no lo impresionaba, y a un padre que le había enseñado a ser humilde,

porque él nunca lo había tenido fácil, criándose como tercer hijo en una finca de Meclemburgo hasta que su padre se cayó de un caballo desbocado durante una tormenta y quedó impedido y en silla de ruedas, y no pudo trabajar más y tuvo que vender la finca, cargada de deudas, y murió poco después, mientras que a la madre, desconsolada por la pena de esa desgracia, la llevaron a una institución para enfermos mentales y estuvo encerrada de por vida y

él y sus dos hermanos, uno tras otro, empezaron a recibir instrucción a la edad de diez años en la escuela de cadetes, hasta que él, el más joven, quiso demostrar, porque era muy enclenque, que era el más valiente de todos y se enroló en la temida y temible Marina y, con el uniforme azul marino,

al estallar la Guerra Mundial ascendió a capitán de submarino, hundió barcos para su querido emperador y, con mala conciencia y amargura, vio arrojarse al mar a los marineros de los acorazados y fragatas enemigos que se iban a pique, y sobrevivió a todos los ataques mientras muchos de sus mejores camaradas se ahogaban, uno de los hermanos se estrellaba como piloto militar y el otro caía en el barro de las trincheras en Francia, y al final no solo se quedó sin familia y sin emperador, sin el cual su vida era un sinsentido, sino también sin profesión,

se casó, un hijo, pronto dos, y fracasó haciendo trabajos de jardinero y también como aprendiz en la compañía de seguros contra el granizo y el fuego de Meclemburgo, y estuvo gravemente enfermo, con parálisis inexplicables, hasta que Dios lo salvó y lo llamó a convertirse en predicador viajero que con la fuerza de su voz de capitán se afanaba en llevar por el camino de la fe a la gente mediante discursos como *¿Qué es el amor?* o *El valor más profundo del ser humano* o *¿Cómo nos las arreglaremos en la vida?*, y que

allí, en el esplendor de la Via Veneto, entre perfumerías, joyerías y sastrerías elegantes, no vería más que pecado y que quizás solo se habría entusiasmado en Roma con la pintura de la conversión de San Pablo que había en la iglesia luterana de la Piazza del Popolo, porque la conversión y la llamada de Dios, Job y Pablo eran los temas centrales de su vida, y porque habría sabido relacionar la caída del caballo de Pablo con la caída del caballo de su padre, la Biblia con la vida, y de ahí habría extraído sus enseñanzas, y

también ella, la segunda hija, se sentía a veces demasiado protestante o demasiado alemana del norte o demasiado joven en la ciudad llamada eterna, como si estar ahí fuera en contra de su verdadera naturaleza, y entonces la asaltó la sensación de que no era justo, en plena guerra, solo porque esperaba a su marido, pasear como alemana entre los romanos, caminar sobre las tapas del alcantarillado con las letras SPQR y GAS y sobre los adoquines negros de basalto,

la sensación de que quizás no era justo pisar el hermoso país extranjero o medirlo con pasos militares o transformarlo en un campo de maniobras ruidoso como hacían, con una naturalidad casi desafiante, los oficiales alemanes que posaban para fotografiarse delante del Coliseo o de las ruinas del Foro, o que estaban allí sentados, en el Café Doney de la esquina, como si quisieran quedarse ahí para siempre, y parecían sentirse bien en la tarde vespertina, delante de una copa de vino o de una cerveza, como si fueran los amos y no los huéspedes,

en algunas mesas, por lo que podía deducirse de la ropa, los gestos y el porte, también había italianos distinguidos, igual que en todas partes, nunca más de cuatro personas, eso la había asombrado al principio, porque siempre le habían descrito a los italianos como gentecilla sociable, sentados a largas mesas y comiendo y bebiendo alegres, acompañados de cantantes callejeros con mandolinas,

hasta que Ilse le explicó que Mussolini había decretado que no podían sentarse más de cuatro personas a una mesa en un café o en un restaurante, evidentemente porque temían que, en grupos mayores, brotaran ideas conspirativas,

tantas normas que la guerra exigía y que seguramente eran necesarias a efectos de disciplina y orden general, los ociosos estaban mal vistos y, sin embargo, allí se veía a gente que parecía ociosa, el maquillaje estaba mal visto y, sin embargo, por esa zona se veían mujeres maquilladas,

tal vez había simplemente demasiadas leyes y disposiciones, cuántas personas podían sentarse a una mesa y cómo había que saludar y cómo había que vestirse y comportarse, a quién había que odiar y en quién había que confiar, qué había que comer y qué se tenía que leer y qué escuchar y qué saber,

los italianos también habían sido leales a su Duce y lo habían seguido y aclamado con banderas, desfiles y conquistas en las primeras campañas de la guerra, tan entusiasmados como los alemanes con su Führer y, por añadidura, casi el doble de tiempo que los alemanes,

ya hacía más de veinte años que compartían el auge de su país hasta convertirse en imperio, y el orgullo por ello, y alababan las bendiciones uniformadas del fascismo, desde la construcción de viviendas hasta la puntualidad de los trenes y la tranquilidad y el orden en las calles, sin mendigos ni inválidos, incluso en la Via Veneto de la gente rica,

pero la guerra, había dicho recientemente la señora Bruhns, *la guerra cansa a la larga, a la gente solo le gusta la guerra cuando es joven, y, para los italianos, la guerra es femenina, para nosotros es masculina,* der Krieg, *y solo se idolatra a las mujeres jóvenes, ya sabe usted a qué me refiero,*

la señora Bruhns no continuó hablando, y la idea de la guerra, que tenía que ser femenina, quedó flotando en el aire bajo los pinos de Ostia Antica, ella tampoco dijo nada, claro, hablaba poco, sobre todo estando con gente tan culta, no habría sabido qué aportar o qué pregunta hacer a ese comentario, la guerra o el guerra,

dobló hacia la Via Sicilia, la incomodaba la idea de que la guerra ya no le gustara realmente a nadie, por desgracia aún no se había ganado y, por suerte, aún no se había perdido, pero la gente estaba probablemente harta desde hacía mucho de tantos muertos, de las constantes derrotas, de separaciones y normas, de las órdenes, alarmas, amenazas, de las penas, de la falta de sueño, del racionamiento y del abastecimiento, que empeoraba mes a mes,

pero no se podía pensar así, ella sobre todo, como alemana y esposa de un soldado que luchaba en África no podía pensar así, de hecho, no debía pensar tanto, tenía que traer a su hijo al mundo, protegerlo y alimentarlo, esa era su tarea, la tarea más hermosa de la mujer,

ya casi llegaba a su destino, solo dos esquinas hasta la iglesia a la que iba todos los domingos, la isla salvadora en el mar romano, donde estaba a salvo de todas las tentaciones, entre las que también se contaban esos pensamientos rebeldes sobre la guerra

que tenía que sacudirse de encima lo antes posible y que quizás solo habían acudido a su mente porque, aparte de las diaconisas y cuatro o cinco señoras de la colonia alemana y de la parroquia, solo tenía de interlocutora a Ilse, que, con sus historias de la cocina y la lavandería, afirmaba comprender a los romanos actuales y prefería hablar del cometa que ese enero se veía en la constelación de la Osa Mayor y que significaba algo sobre el futuro, decía, a atenerse con humildad cristiana y confianza en Dios, por ejemplo, al lema del mes de enero, *Entrad por la puerta estrecha*, ese mensaje era más claro que el de las estrellas y los cometas,

en el comienzo de la Via Sicilia, dos edificios más allá de la Via Veneto, en una cartelera olvidada se veía el cartel, en letras negras mayúsculas, descoloridas por el sol y la lluvia, de una actuación de la Ópera Nacional de Berlín en el Teatro Reale, en marzo de 1941, *Orfeo ed Euricide,* de Christoph Willibald Gluck,

el viejo cartel le recordaba en todas sus caminatas a la iglesia los días posteriores a su compromiso matrimonial, en octubre del 40, cuando Gert y ella escucharon *Orfeo y Eurídice* en la ópera de Kassel, y la música animada los emocionó tanto que luego tararearon la melodía, *He perdido a mi Eurídice, nada iguala mi desgracia,* entonces acababan de encontrarse y se lo tomaban todo como un juego y todavía podían bromear sobre las separaciones,

marzo del 41, aún no hacía dos años, cuatro meses antes de la boda, antes de la guerra rusa, antes de la guerra africana, todo eso le parecía infinitamente lejano, casi como los tiempos de paz, y por eso se alegraba siempre de que el cartel aún estuviera allí y no lo hubieran tapado o arrancado, y despertara su felicidad, el comienzo de su felicidad, que aún continuaba, y

con pasos alegres se dirigió a la iglesia y ya no se fijó en los escaparates, en los restaurantes vacíos ni en la gente que se cruzaba con ella, se dirigió a la iglesia, cuya fachada luminosa se veía de lado, más claramente a cada paso, destacando entre los contornos de los edificios contiguos, solo echó de menos el tañido de las campanas, por qué no podían sonar también para un concierto de música sacra,

con pasos alegres, como siempre había ido a la escuela bíblica y al culto, excepto entre los trece y los quince años, cuando se había entusiasmado con la Liga de Muchachas Alemanas y el manual para chicas hacendosas y había relegado a un segundo plano el libro de cánticos y los escritos cristianos y, sin embargo,

obedeció la llamada del padre y de las campanas como confirmante en Doberan, de muchacha en la escuela de amas de casa de Kassel y en el seminario de puericultura de Eisenach, a veces angustiada, a veces descontenta consigo misma, como en Berlín, trabajando de pinche de cocina en el hospital de San Lázaro, pero raras veces se le habían hecho demasiado estrechas las puertas de la iglesia, ni los bancos demasiado duros, y en los cánticos, liturgias y sermones siempre había encontrado algo edificante, una sentencia o versículo de consuelo y un corazón más firme

y la reparadora compensación a la postura hostil hacia los cristianos de las guías de la Liga de Muchachas Alemanas y del propio Führer que, como su padre y Gert daban a entender a veces con cautela, cometió el error de situarse por encima de Dios y de hacerse venerar casi como a un dios y de exagerar la fe en la raza y en la superioridad de la *comunidad nacional* alemana,

¡Tú no eres nada, tu pueblo lo es todo!, de tal manera que cada vez se contradecía más la enseñanza popular de los mandamientos de humildad y amor al prójimo, y provocaron en los jóvenes como ella nuevos conflictos de conciencia,

sin la iglesia y sin unos padres firmes en la fe y algunos predicadores valerosos, no habría salido airosa de los conflictos diarios entre la cruz y la cruz gamada, entre la *comunidad altruista* de la Liga de Muchachas Alemanas y la *comunidad altruista* de los cristianos y

no habría logrado encontrar el difícil equilibrio entre las horas magníficas pasadas junto a la hoguera en los campamentos con las aplicadas chicas uniformadas, los fantásticos juegos al aire libre y las veladas, las operetas y la gimnasia, la instrucción en antropología racial, costumbres populares, primeros auxilios, ciencias naturales, y con el afán por el *servicio al pueblo y a la patria,* por un lado,

y, por otro, las horas en la escuela bíblica que su madre daba en casa a una docena de chicas de su clase y de la clase de la hermana, la doctrina cristiana y la voz firme de capitán de su padre,

con la que entonaba, preferiblemente de buena mañana, su *Alabado sea el Señor, poderoso Rey de la gloria* o *Dios es nuestra fortaleza* contra los peligros, tentaciones y miserias del mundo, y que sabía defenderse en cualquier ocasión con cánticos y a quien, al parecer, *Y aunque el diablo llenase todo el mundo,* ya nada podía asustar desde que, a causa de la desesperación por la caída del Imperio y por las revueltas obreras bolcheviques después de la guerra, o debido a un virus maligno, primero lo acometieron molestias al andar y, luego, una parálisis en las piernas y en la voz, una enfermedad inexplicable con fiebre alta durante días que llevó a los médicos a desahuciarlo,

hasta que la parálisis disminuyó paulatinamente y desapareció al cabo de medio año, durante el que ambos, la madre y el padre, se dieron cuenta de que su cristianismo había sido una simple formalidad y no una verdadera confesión, y a partir de entonces rezaron juntos en voz alta, y cantaron y alabaron a Dios, que había salvado a su padre de la pena más profunda de un modo tan milagroso como antaño a Job,

y así, después de todas las pruebas, la vida de su padre se convirtió en un servicio religioso constante, y él en un predicador que acudía a las reuniones de los obreros, de comunistas y de nazis, para apartarlos de sus ideas políticas y granjearse su interés por la salvación divina, y que evangelizaba al pueblo en fondas, tiendas de campaña e iglesias, y procuraba guiarlo por la única senda correcta, por la mañana, hora de consulta, por la tarde, escuela bíblica, de noche, sermón, hasta que los nuevos gobernantes prohibieron ese trabajo poco después de las Olimpiadas,

con pasos alegres a la iglesia que, para ella, significaba mucho más que los demás lugares de predicación que había visitado hasta entonces, porque ese era el único sitio en Roma, junto con el hogar de las diaconisas en la Via Alessandro Farnese, donde no solo entendía todas las palabras, sino que las añoraba y saludaba, donde se dirigían a ella en la lengua que le era familiar, en un alemán perfecto, que reconfortaba el corazón y el alma, y de canciones, oraciones y bendiciones sacaba la fuerza para la vida diaria y

la fortaleza para soportar la separación del marido, que debería estar cumpliendo ahí su tarea y tendría que haber hablado con su voz desde el púlpito si no hubiera guerra o, al menos, fuera una guerra más leve en la que no necesitaran teólogos con una herida en la pierna sirviendo de cabos en oficinas de África,

por eso, el consuelo que recibía allí valía por dos y por tres, sin el evangelio luterano no habría soportado Roma y, a pesar de los ánimos del doctor Roberto, *Camine, joven, camine,* apenas habría podido salir de casa, casi tan paralizada como lo estuvo su padre, se daba perfecta cuenta, y sin la energía que renovaba allí cada semana no estaría en condiciones de llevar en la mente el castillo de Wartburg a través de Roma

o la familiar catedral de Doberan, cuyo contorno se le apareció ahora, en los últimos metros, el tono cálido de los ladrillos rojizos, la música de unos ventanales majestuosamente altos, la hilera de arcos puntiagudos del gótico cisterciense más esbelto, el tejado de pizarra con la torre afilada como la punta de un lápiz, en medio del verdor del paisaje, entre prados y árboles y muros de monasterio medio derruidos en el aire limpio del Báltico, se alzaba la catedral

a la que ella se había dirigido dando un amplio rodeo del brazo del hombre amado, ella con un vestido de novia, él con un esmoquin alquilado, y la extensa familia detrás de ellos y allí, en la Via Sicilia, delante de la iglesia de Cristo, deseó sentir la presión y la calidez de su brazo derecho como las había sentido entonces, yendo hacia el portal del sur con la comitiva de la boda,

cuando todo iba bien y la voluntad de Dios era su voluntad de seguir a aquel hombre allá donde fuera, primero a la iglesia secular, de una belleza liberadora, que ella conocía desde la niñez, con sus imágenes bíblicas talladas en madera, extrañamente plásticas y drásticas en el altar principal, los leones de la sillería del coro y las figuras desnudas de Adán y Eva con la serpiente coronada, y darle el sí bajo las bóvedas ricamente decoradas, cerca de los retratos de los soberanos de Meclemburgo, de los pilares con ornamentos coloridos y de la enorme cruz de triunfo,

desde entonces, a veces le daba la impresión de que, cada vez que iba a la iglesia, ya fuera en Doberan o en Roma, confirmaba el sí que le había dado hacía año y medio, cuando ya se había impartido la orden de *marcha* y todos los invitados sabían

que él partiría poco después de la noche de bodas a conquistar Rusia y Moscú, y media familia temía en silencio ver pronto viuda a la novia, con diecinueve años o, si el destino se mostraba más indulgente, arrojada del blanco al negro a los veinte, igual que tantas,

y lo había seguido al acogedor extranjero, se acercaban algunos espectadores, solos o en pareja, por la esquina de la Via Toscana, justo delante de la iglesia, algunos la saludaron con un gesto, otros, como la señora Fondi, la señora Heymann y la señora Toscano, a las que conocía mejor, le estrecharon la mano, pero no lo hizo la señora von Mackensen, la esposa del embajador, que acababa de bajar de un Mercedes negro y la había ayudado a conseguir el visado para Italia, según dijo Gert, y ante la cual siempre sentía un poco de miedo porque el embajador era un hombre muy importante,

la mayoría miraban hacia su barriga con cara de aprobación y le sonreían, era conocida porque su marido era conocido allí, les gustaba que de nuevo una mujer alemana diera pronto a luz a un niño alemán en la Via Alessandro Farnese, todos eran muy amables con ella,

todos apacibles bajo la imagen de Cristo que, flanqueado por san Pedro y san Pablo sobre el portal, parecía esperar a los concurrentes y decirles *Venid a mí todos los que estáis fatigados y cargados,* mientras ella buscaba con la vista a la hermana Luise y a la hermana Ruth, que la acompañarían en el camino de vuelta, para ir a sentarse a su lado y, de repente,

como si oyera una llamada desde la lejanía, volvió la vista atrás, hacia la Via Veneto, hacia el cielo vespertino que cubría las angostas calles, las azoteas llenas de plantas y el ligero tono cobrizo sobre las nubes del cielo enrojecido en poniente, no fue una mirada al sur, a África, pero estaba segura de que también Gert miraba en ese momento hacia el sol que declinaba pensando lo mismo que ella, y solo entonces

subió las escaleras, estrechando de nuevo manos en el pórtico y recibiendo buenos deseos, también de gente que apenas conocía de vista, y le dio la sensación de que, con sus saludos a la joven embarazada, se infundían a sí mismos esperanzas en los difíciles días de las derrotas,

mientras dos niñas, seguramente confirmantes, repartían el programa del concierto, que debería haberse celebrado el 8 de noviembre pero tuvo que ser suspendido a última hora porque el cantante de oratorios, Albrecht Werner, de Stuttgart, no había podido llegar a tiempo a causa de los fuertes bombardeos que afectaron al tramo de ferrocarril de Innsbruck, de modo que el concierto se aplazó a ese sábado, con los viejos programas de mano impresos para el 8 de noviembre de 1942,

y entró en la iglesia y buscó con la mirada las cofias blancas de las diaconisas, la iglesia estaba llena a rebosar, en la primera fila reconoció a la señora von Bergen, la esposa del embajador en el Vaticano, a la que ya había ofrecido sus respetos, la gente buscaba por todas partes la cercanía de conocidos y amigos, también en la iglesia continuaron los apretones de manos y los gestos de saludo,

las dos diaconisas ya estaban sentadas, fáciles de reconocer por sus cofias, le habían guardado un asiento en las filas del medio y, por fin, después de casi una hora caminando con parsimonia, pudo sentarse, sentarse con cuidado y trasladar el peso del cuerpo a otra parte, notó tal alivio al instante en las piernas y en los pies, en los hombros y en la columna cargada, que soltó un suspiro que provocó una mirada de preocupación en la hermana Luise,

no, se dijo, y se desabrochó el abrigo, no era excesivo, *Camine, joven señora, camine,* había dado con gusto cada paso, todos y cada uno de los pasos, pero un trecho más largo le habría resultado excesivo, era exactamente la distancia oportuna, no se sentía agotada, solo había sido el deseo de sentarse por fin y respirar más relajada, nada más, todo estaba bien, todo iba bien, y esperó ilusionada el órgano, los coros, el cantante y el cuarteto de cuerda

mientras miraba al frente, a las piedrecillas relucientes del mosaico del ábside, donde Jesús reinaba sobre un planeta azul y un arco iris, la mano derecha levantada para bendecir y, en la izquierda, la inscripción con las letras alfa y omega, envuelto en una túnica dorada y blanca con muchos pliegues, la imponente figura sobre un fondo de estrellas doradas brillantes y dentro de una guirnalda ovalada con ornamentos florales,

era como si el redentor exigiera quietud con sus ojos y sus gestos, la gente ya no murmuraba ni cuchicheaba, el pastor Dahlgrün se adelantó y saludó a los presentes, habló de los tiempos revueltos de la guerra y de la gratitud por el regalo de ese concierto a la congregación, fue breve, evitó las fórmulas propias del culto y tampoco rezó un padrenuestro,

tal vez no quería molestar a los amantes de la música italianos, a los católicos, que habían acudido con motivo de la rara oportunidad de escuchar de nuevo a Bach o un cuarteto de cuerda de Haydn o, simplemente, de no escuchar nada más que música durante una hora, música alemana, música barroca sobre todo, instrumental y cantada, tal vez el pastor quería ceder la predicación a las armonías de los coros y al solista y a los instrumentos de arco, ya casi no había conciertos, no al oscurecer, por las alarmas antiaéreas, y la gente tenía otras cosas que hacer a media tarde, ella tuvo la suerte de poder escuchar *El caballero de la rosa* una mañana de diciembre, la señora Heymann le había ofrecido un pase de prensa para un ensayo general, por desgracia, cantaban en italiano y no entendió nada y, aun así, agradeció el acontecimiento musical y las hermosas voces,

también lo había dicho la hermana Luise, es un milagro que el concierto se celebre, quién sabe cuándo volveremos a vivir algo así, un milagro que el tramo de ferrocarril no hubiera sido bombardeado en esa ocasión, un milagro que todavía se reunieran cuartetos de cuerda y coros para ensayar y que los dirigiera la señora Fürst, que se ocupaba de la música en la congregación y también tocaba el órgano, y que los contrataran para ese tipo de actuaciones,

y el órgano empezó con ímpetu, casi intimidando, a tocar notas que primero sacudieron como rayos el ánimo y el cuerpo, y luego colmaron de serenidad el recinto y lo dominaron todo, y despertaron incluso al niño en sus entrañas, que se movió como si quisiera participar, bailar o, al menos, escuchar y compartir las sensaciones,

la joven sonrió y se reclinó en el asiento para no pensar en nada más que en los movimientos del niño y los sonidos sibilantes, alegres y saltarines del preludio, se reclinó para relajarse y dejarse llevar por las melodías claras y las armonías rotas, y cuando el gozo pasaba demasiado deprisa, intentaba mecer todo el tiempo posible en el oído el último acorde que flotaba y se diluía en el recinto, después de una breve pausa, el órgano comenzó de nuevo, y se sumó el coro, que estaba a espaldas del público, en la tribuna, *Te llamo a ti, mi señor Jesucristo*, ella no se dio la vuelta como algunos de las primeras filas, era extraño que en un concierto la música llegara al oído por detrás, pero eso no era motivo para mirar boquiabiertos hacia atrás o arriba,

para ella, lo más natural era acompañar al coro en silencio, sin levantar la voz, y cantar con él, clamar y pedir ayuda, *Otórgame tu gracia en este momento,* y, compás a compás, la inseguridad o el apocamiento que en ocasiones sentía en su interior, su apocamiento romano, se iba desmantelando capa a capa, *que nunca me ponga en vergüenza,* a modo de oración silenciosa armónica, *dame asimismo esperanza,* mientras

contemplaba el mosaico del rostro de Cristo, menos primoroso que otros rostros en mosaico mucho anteriores, como el de Santa Pradesse, que Gert le había enseñado, miró la barba y las manos y los pies grandísimos sin estigmas, y el ornamento de pámpanos muy ramificados y de racimos de uva a ambos lados, por donde se enredaron sus pensamientos y deseos, que planeaban y avanzaban sin rumbo fijo, y a la derecha,

hacia el púlpito de piedra, donde habían incorporado relieves de los profetas y los apóstoles, y al atril en forma de águila y, de repente o por fin comprendió por qué en esa ciudad siempre le llamaban la atención las esculturas, ornamentos y pinturas de águilas, y posó aliviada la mirada en la tribuna del púlpito,

donde debería estar su marido y donde aún no lo había oído predicar nunca, las alas y la cabeza del águila marmórea aguantaban una losa y un tablero inclinado de madera oscura para apoyar la Biblia, manuscritos, apuntes, y recordó de nuevo, ahí y entonces, que el águila era el símbolo de san Juan Evangelista,

esa águila de San Juan era más antigua y más importante que todas las águilas nacionales o de los Borghese, que las águilas con la cruz gamada o con haces de varas y, por si eso fuera poco, mucho más hermosa con sus alas de apoyo, de ayuda, útiles, no tan autoritaria o envarada o gruesa como las demás águilas de piedra,

aunque también allí, y no por primera vez, se sintió desconcertada por la inscripción del púlpito, LA PALABRA DE DIOS CON NOSOTROS ETERNAMENTE, que casi sonaba como las palabras escritas en la hebilla del cinturón de los soldados, DIOS CON NOSOTROS, ambas cosas estaban bien, pero de algún modo no encajaban, el águila con la cruz gamada en el cinturón, el águila con la vid en el púlpito, y no consiguió disipar el desconcierto

hasta que el solista, el señor Werner, que había venido desde Stuttgart, subió las escaleras de delante del altar y, acompañado solo por un chelo, recorrió el recinto de techo alto con su voz, complació al público con el aria *En el mundo tendréis aflicción* y supo ofrecer enseguida el consuelo con su voz de bajo cálida y paternal,

una voz que le agradó escuchar y que, a pesar de la fuerza reconfortante, la inquietó y despertó en ella la añoranza por la voz masculina, por la voz de bajo que le faltaba, no debía quejarse, no debía añorar con demasiada intensidad, *cuánto mejor sería si no hubiera guerra,* había escrito Gert en la carta de Año Nuevo, *pero, teniendo en cuenta que hay guerra, nos va muy bien... preservados de todo daño... tantos momentos felices,*

sí, ese era un momento feliz, las cosas le iban *infinitamente bien,* recibía cartas suyas con bastante regularidad, tenía su foto, notaba su presencia desde la mañana hasta la noche en su hijo y en todo lo que pensaba y sentía, pero le faltaba la voz, lo comprendió de repente, hacía nueve semanas que no había oído hablar a su voz, susurrar, cantar, no mucho tiempo comparado con el destino de las mujeres de otros soldados o de Ilse, pero, aun así, demasiado tiempo, y a pesar de la contención, la asaltaron las lágrimas, contra las que luchó en vano,

y aún más lágrimas cuando el bajo cantó la segunda aria de Bach, *Aunque pase por un valle tenebroso,* la versión del salmo 23, de nuevo con el chelo que penetraba en lo más hondo del alma, entonces la anegaron las lágrimas, sacó el pañuelo con las puntas de los dedos, se enjugó las mejillas y reprimió el sollozo para no molestar al cantante, y no consiguió ahogar el llanto, la hermana Luise la cogió del brazo, le acarició la mano, y la joven se avergonzó porque las lágrimas seguían brotando muy deprisa y no querían parar,

de niña, ella había llorado más que sus cinco hermanos juntos, había crecido oyendo que era *una llorona,* deshacerse en lágrimas y echarse a llorar por tonterías se consideraba una tacha incluso para una niña, y ni siquiera el padre capitán podía contenerla con las amonestaciones que repetía constantemente, *Ahórrate las lágrimas, algún día tendrás mejores motivos para llorar,* y menos aún con bromas, *Mi querida Liese, no llores, no todas las balas dan en el blanco,* porque cómo iba a saber la criatura llorica cuántas balas volaban peligrosamente por la vida y con cuáles había que tener cuidado,

en eso servían de más ayuda las consolaciones de *tu vara y tu cayado,* que el bajo cantaba con énfasis, o el impresionante coro final de la Pasión según san Mateo, donde por una vez no estaba prohibido llorar, sino que era lo que correspondía a la fuerza de la aflicción, *Llorando nos postramos,* y por eso esa parte, que en una ocasión había escuchado en la catedral de Doberan, le gustaba más que ninguna otra de Bach, como una exquisitez, y se la citaba a sí misma cuando se avergonzaba demasiado del llanto y procuraba movilizar sus fuerzas defensivas,

y las lágrimas no cesaron hasta que terminó el aria con el éxodo a través del salmo del consuelo, y respiró hondo con el cuarteto de cuerda en do menor de Haydn, que interpretaban cuatro músicos italianos, habían cruzado el *valle tenebroso,* volvía a ser dueña de sí misma y, después del primer movimiento, alegre, animado,

se sintió liberada y feliz y, para concentrarse en otra cosa, leyó el nombre de los músicos en el programa de mano, Corrado Archibugi, Gino Giometti, Clemente Pagliasotti, Marco Peyot, estaba segura de que los pronunciaría todos mal, pero no le molestó, porque entonces, mientras su mirada vagaba por las preciosas losas de mármol de las paredes, por el gris, rojo, marrón, negro y blanco y los distintos dibujos en el mármol más noble, donado por el emperador Guillermo, y los músicos de cuerda también propagaban un ambiente relajado con el segundo movimiento, pausado, empezó

a imaginar un futuro sin guerra, sin alarmas antiaéreas ni órdenes de resistir, sin diferencias apenas comprensibles entre *órdenes de incorporación a filas, órdenes de movilización* y *órdenes de marcha,* un futuro sin partes del Ejército, sin enemigos y sin enemistades, sin los muertos ya incontables ni las esquelas diarias, *Caído en combate*, cada vez más pequeñas,

sin los hombres jóvenes lejos, en tierras extranjeras, y las madres y los niños en las ciudades en llamas, sin hospitales civiles y hospitales militares abarrotados, sin amputaciones, disparos en la cabeza, congelaciones y úlceras en las piernas, sin racionamientos que apenas mataban el hambre ni escasez, también en Roma, y sin las noticias deprimentes que Ilse conocía por las mujeres de la lavandería y la cocina, y sin supersticiones en los cometas,

empezó a imaginar en la lejanía un futuro verde como las hojas en mayo, en el Reich, una casa acogedora con Gert, que, siendo huérfano de guerra, no había tenido nunca un verdadero hogar, con el hijo que llevaba en sus entrañas, con cuatro o seis hijos, mejor en un pueblo, quizás una casa de paredes con entramado y jardín en Hessen, de donde era él, quizás una casa con tejado de paja en Meclemburgo y aire de mar, daba igual, únicamente no tenía que ser en una gran ciudad, sobre todo paz y una vida sin temblores ni temores, al ritmo apacible del año eclesiástico, con órganos y campanas y cánticos, igual que en Röhrda, cerca de Kassel, donde ejercía el hermano de Gert y donde el año anterior habían pasado unas magníficas vacaciones en mayo,

y a imaginar atardeceres silenciosos sin el aullido de las sirenas, con golondrinas a la puesta del sol, con un banco delante de la casa, donde se sentarían juntos y contentos, y verían a sus hijos jugando, corriendo y, si la dicha fuera perfecta, tal vez después escucharían en la radio ese mismo cuarteto de cuerda de Haydn,

le costaba imaginarlo, aunque los violines, la viola y el chelo no dejaban de incitar a ello con los compases revoltosos de Haydn, que casi parecían insolentes en la iglesia, sobre todo con el alegreto, le costaba alejarse del presente, un regalo de Dios, dando saltos tan tremendos, casi blasfemos, ya era bastante difícil mirar atrás, por ejemplo, a la fecha del 8 de noviembre, la fecha impresa en el programa de mano,

por aquel entonces ella aún no estaba en Roma, por aquel entonces acababa de recibir el visado y había hecho las maletas en el Báltico, por aquel entonces todo estaba un poco mejor en los frentes de África y Rusia, en Stalingrado, que ahora estaba en boca de todos, y las ciudades alemanas sufrían menos daños que ahora,

y ese pasado acabado de pasar de principios de noviembre, con todas las esperanzas puestas en los *placeres romanos,* le parecía apacible en comparación, cualquier pasado parecía a posteriori más apacible que el presente, igual que, visto en retrospectiva, el paseo con Gert al castillo de Wartburg y el compromiso matrimonial en octubre de 1940 casi había ocurrido en tiempos de paz, y el verano de la boda en 1941 había sido mucho más apacible que el otoño de 1942,

y de qué modo tan envidiable y apacible pensaría, quizás dentro de un año, en ese sábado de enero de 1943, cuando paseaba por Roma, sana y embarazada, en la calidez del invierno y, escuchando un concierto, interpretaba sus fantasías de futuro con un hombre que aún vivía,

no, no había que pensar demasiado en todo eso, ni había que esperar y desear demasiado, el futuro estaba en las manos del que bendecía desde el mosaico dorado de la pared y señalaba indulgente la Biblia, pero tenía que estar permitido soñar de vez en cuando con una vida después de la guerra, para eso la habían preparado en la escuela de amas de casa y en el seminario de puericultura, preparada para ser madre y esposa al lado del hombre predestinado para ella,

también había que rezar por un final feliz, que los músicos simulaban de la forma más hermosa con su arte, y para ello había que pasar *por la puerta estrecha,* aunque esa puerta no era en absoluto estrecha ni difícil, ni tenían que cruzarla agachados, sino erguidos y con la cabeza humildemente levantada si se había llegado a armonizar la propia voluntad con la voluntad de Dios y, con ello, se había logrado encontrar la libertad suprema en la obediencia,

aplausos, de repente hubo aplausos al acabar el cuarteto de cuerda, en la iglesia no se aplaudía, no en la protestante, ni la organista ni el coro ni el solista habían recibido aplausos, era una costumbre católica romana aplaudir en la iglesia, incluso en los funerales, pero ahí, después de los coros y las arias, los aplausos sonaron aún más revoltosos que la música mundana, que correteaba más allá de la costumbre de alabar y dar las gracias, y triunfaba sobre las penas diarias,

y que por lo visto también había despertado o reforzado el ansia de paz en muchos otros espectadores, tal vez la gente se mostraba agradecida por el impulso que había liberado sus fantasías más secretas y deseadas, que probablemente los músicos italianos habían provocado con sus acordes finales, efectistas y apaciguadores,

tal vez habían sido precisamente los católicos o los aficionados a los conciertos los que, siguiendo la costumbre, habían arrancado a aplaudir después del cuarto movimiento y habían arrastrado a los demás, también ella había dado palmas tímidamente antes de darse cuenta de lo que estaba haciendo, y luego todo acabó, acabó demasiado deprisa,

y durante los dos minutos del descanso, mientras los músicos cedían su lugar, inquietud entre el público, murmullos y cuchicheos aquí y allá, unos momentos delicados, ojalá la señora Fürst, que había confeccionado el programa y que sin duda no había planeado ese efecto con Haydn ni los aplausos liberadores, no tuviera problemas con la *gente oficial* que, de uniforme o de civil, probablemente no solo se sentaba en las primeras filas,

precisamente la señora Fürst, que solo vivía para la música y nunca se cansaba de invitar a cantar a cuantos encontraba con el lema *¡Abrir el corazón a la música!* ni de intentar ganárselos para que participaran activamente en la comunicación musical con el supremo

que ahora intentaba restablecer el bajo con la parte del solo *Yo me acostaba y me dormía, y despertaba*, de Heinrich Schütz, no lo tuvo fácil para comenzar a cantar en un recinto cargado por la inquietud de una congregación asombrada consigo misma, además, tenía que interpretar una música más bronca y un texto más perturbador, *¡Dios mío! Tú hieres en la mejilla a todos mis enemigos, tú rompes los dientes a los impíos,*

eso no podía aplicarse a las dulces armonías de Haydn y tampoco podía aplicarse a los enemigos de Alemania, a ingleses, americanos, franceses, que al fin y al cabo también eran cristianos, si cabía aplicar el mensaje bíblico al presente, solo podía referirse a los bolcheviques, las batallas contra los rusos eran las peores y las más sangrientas y aún no estaban decididas, aunque el Führer había combatido desde el principio el comunismo, esa religión de ateos, y casi lo había vencido,

quizás *la gente oficial* se sentía ahora satisfecha porque la voluntad de resistencia solo se había debilitado fugazmente en ese concierto y se había restablecido gracias a Heinrich Schütz, pero ella, sentada al lado de la hermana Luise, que suspiraba, no quiso pensar en ello, no en medio de un concierto maravilloso,

y prefirió mirar hacia la pila bautismal, donde ella y Gert esperaban bautizar a su hijo dentro de unas semanas, y le costaba imaginarlo y prefirió seguir soñando con un futuro desconocido junto a la familia en algún lugar del campo,

y luego, una vez acabada la guerra y la separación, le gustaría volver a Roma con Gert, a visitar el hogar de las diaconisas, a disfrutar juntos de los placeres que él tanto elogiaba, los helados exquisitos, las jugosas naranjas a precios regalados, las cerezas hermosas en mayo, el chocolate, el café amargo, que solo se podía beber con mucho azúcar, y quizás incluso los complicados espaguetis, demasiado largos, con salsas demasiado picantes, y aprender así de una vez a girar adecuadamente del tenedor,

volver a deambular cogidos de la mano por el Foro y por el monte Palatino y por las antiguas callejuelas, a descansar en la quietud del Panteón y a mirar al cielo con gratitud, a calentarse con el sol indulgente de la mañana o con la bendición del sol al atardecer o a sentarse debajo de una sombrilla en las terrazas que ahora ocupaban los oficiales, y a mirar y a asombrarse,

Ay, qué fugaz y vana, entonó el coro, acompañado con fuerza por el órgano, volver a recuperarlo todo, los museos, empezando por la galería del parque Borghese, y que se lo enseñara todo de nuevo con tranquilidad, los dioses con tenedores y a César y Augusto y Miguel Ángel, y

a bajar a las catacumbas, donde los primeros cristianos sobrevivieron siglos de persecuciones y donde ella no se atrevía a entrar sola o era demasiado arriesgado para una mujer en su octavo mes, escaleras empinadas, resbaladizas, había oído contar, y trayectos fatigosos en autobús por calles llenas de baches en las afueras,

esas aventuras prefería correrlas con Gert en tiempos mejores, *Ay, qué fugaz y vana,* el órgano parecía invitar de nuevo al niño a dar patadas, y a hacer alguna excursión de las que otros le habían hablado con entusiasmo, a los jardines de Tívoli, a los viñedos de Frascati, *es la vida humana,* a Ostia, a orillas del mar, o al Monte Cavo en tranvía, *como una corriente comienza a manar,*

destinos que a ella, obsequiada opíparamente por los monumentos romanos, le parecían un lujo multiplicado por dos y por tres, como si no bastara con la infinita riqueza de la ciudad, como si hubiera que batir lo hermoso con nuevas hermosuras, como si no fuera posible darse por satisfecho con lo que se tenía, *y en su curso no se detiene,* ideas complicadas que también tendría que hablar con el compañero añorado o podrían estar de más súbitamente

si ahora, a causa de su pierna enferma, él regresara sobrevolando el mar hacia Nápoles y luego cogiera el tren, *y en su curso no se detiene,* entonces no tendría que esperar hasta tiempos de paz lejanos para, tal vez ya en primavera, después del nacimiento, ir al Monte Cavo o a Tívoli, después podría viajar con él y el niño a las playas de Ostia, sol y arena, *así se aleja presuroso nuestro tiempo,* excursiones familiares como antes a Heiligendamm,

en los ojos del Cristo que reinaba en el cielo dorado del mosaico, en el rostro barbudo debajo de la aureola, leyó la suave amonestación de que no había que desear ni fantasear demasiado, se concentró, todos esperaban el punto álgido de la tarde, la cantata *Con alegría el peso de la cruz llevaré,* el solista volvió a levantarse, los músicos que sustituían a la orquesta afinaron los instrumentos, el órgano dio el *la* normal, el coro entonó

y el cantante, acompañado por los instrumentos de cuerda, brilló con su voz de bajo, firme, segura, subrayando cada palabra con fervor y alegría, y lo más hermoso fue cómo supo mantener el tono en la palabra *llevaré,* subirlo, bajarlo, pulirlo sin interrupción o solo con una interrupción minúscula, apenas audible, al respirar, de modo que la palabra *llevaré* pareció una imagen musical de un largo y paciente embarazo, y repitió la técnica con la misma serie de tonos en la palabra *tormento,*

la joven casi podía cantar en silencio aquella aria lenta y, del mismo modo que aceptaba todas las palabras de la Biblia como auxilio y aliento, igual ocurría con esa música de Bach, que penetraba rápidamente en el alma, en lo más hondo del alma, que se sustentaba de palabras bíblicas, también cargadas de fuerza, y en la visión clara de un yo que imploraba y daba las gracias,

y que también era su yo, que encontraba una expresión de sus propios pensamientos en cada sílaba cantada, *el Redentor enjugará mis lágrimas,* justo lo que había ocurrido antes, solo que ella no lo habría dicho de una forma tan hermosa, tal vez ni siquiera podría haberlo pensado,

y se asombró ante el milagro de que Johann Sebastian Bach, con una sola cantata y doscientos años después de su época, comprendiera y expresara y mitigara ofreciendo consuelo el sentir de una mujer de veintiún años, embarazada y sola, desplazada desde el Báltico hasta el Mediterráneo, en estado de buena esperanza en medio de una terrible guerra, y eso no solo en su caso,

seguro que todos podían relacionar lo escuchado con su presente, con la guerra y la penuria y las muertes diarias, seguro que la señora Fürst había elegido por ese motivo la cantata 56 para una congregación en la que todos habían perdido a parientes cercanos y amigos y que estaba preparada para la muerte,

ella podía dar las gracias porque todos sus familiares cercanos seguían con vida, los padres y los cinco hermanos y el único hermano de Gert, y rezó por que siguiera así, en la última guerra había sido mucho peor, en el campo de batalla habían perecido dos hermanos de su padre y un hermano de su madre, y decenas de primos y tíos y amigos de sus padres, allí había caído prematuramente el padre de Gert y, poco después de la guerra, también había muerto la madre y muchos otros de esa familia demasiado prematuramente,

pero, precisamente porque todos seguían aún con vida, la probabilidad de una víctima aumentaba día a día, podían ser sus padres y hermanos, podía alcanzar a cualquiera, tal vez no en la apacible Roma o, quién podía saberlo, todavía no en Roma,

cuánto tiempo podrían quedarse si los frentes se tambaleaban y los americanos con los ingleses avanzaban en el norte de

África, el mar hasta Sicilia no es muy ancho, y a la Ciudad Eterna no la respetarán eternamente las bombas, y qué será de Mussolini si hay algo de verdad en los temores o esperanzas secretas de Ilse,

pero no quiso angustiarse y volvió a abandonarse a la voz del bajo y al chelo, *entonces el Señor me dará fuerzas*, y le dio la impresión de que esas fuerzas de la música se transmitían, de que las melodías construían un muro de protección,

cada vez más alto y espléndido, de que se intensificaban y adoptaban las formas de una arquitectura de bóvedas altas, *y como un águila*, y se sintió arropada en un panteón de sonidos, *sobrevolaré los confines de la tierra*, debajo de una escalera al cielo hecha con escalas musicales celestiales, debajo de una cúpula hecha de armonías,

bajo la cual su vida se acomodaba, y la vida de ambos y el niño, y bajo la cual, elevada esplendorosamente por el recitativo y el arioso, cabían el castillo de Wartburg y la catedral de Doberan, el Pincio y la escalera de Jacob de la plaza de España, y toda la imponente Roma, que ya no le daba miedo, y bajo la cual incluso la guerra parecía retraerse,

debajo de una cúpula de sonidos, coronada por el coro *Ven, oh, muerte, hermana del sueño,* en el que, con una audacia asombrosa, *ven y guíame de ahora en adelante,* se cantaba, se alababa y se anhelaba la muerte, y gracias a los compases lentos, enfáticos, de la música, perdía su horror y era ahuyentada, y también se ahogaban las sirenas, el zumbido creciente de los bombardeos, el estrépito de los impactos y las casas derrumbándose, los gritos y los gemidos de los heridos, se ahogaban los tonos fatales de los partes militares en la radio y todo el ruido de la guerra,

y deseó más coros y más sonoros contra la muerte, día y noche deberían oírse coros, y los órganos deberían tocar todos los registros hasta que la guerra acabara y, a partir de ahora, todos cantarían también, la hermana Ruth, la hermana Luise y ella empezarían, y luego todos los espectadores de su fila, todos los que estaban en la iglesia, la Via Sicilia entera, Roma entera, Europa entera tendrían que unir sus voces y cantar sin descanso un coro tras otro,

también los soldados, igual que habían hecho en otros tiempos con Federico II, el viejo Fritz, todos los generales de todos los frentes, cristianos, paganos, judíos, comunistas, todos tendrían que coger aire y unir sus voces en un inmenso *Alabado sea el Señor* con la fuerza con que lo entonaba su padre capitán, y así nadie podría por menos que cantar a pleno pulmón y alabar al *poderoso Rey de la gloria*,

todo cabía bajo la tienda de campaña celestial de la música, también el maravilloso silencio que irrumpió con vibraciones reverberantes al terminar el último compás, un silencio relajado, alegre, que armonizaba con su silencio interior, un mutismo de medio minuto, sin el estorbo de aplausos ni inquietud, que se correspondía con su mutismo dichoso y le inspiró el pensamiento de que lo más hermoso en la guerra era el silencio, y se propuso escribir una carta ese mismo día y conservar en el corazón todo lo que pudiera de lo mucho que había observado en el camino y había sentido bajo el techo celestial de la música, y explicárselo y contárselo al lejano amado en África, a ser posible ese mismo día, después de la cena, en una larga, larga carta.